NANINE

DE

MANCHESTER.

Que ma chere Nanine reçoive tous les les biens et le bonheur que sa vertu mérite et que l'ingrat. — arretez mon pere! s'écria Nanine......

NANINE

DE

MANCHESTER,

PAR MADAME

Flore LEFEVRE-MARCHAND,

AUTEUR DE LUCIEN,

OU

L'ENFANT ABANDONNÉ.

TOME TROISIÈME.

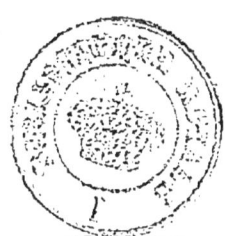

A PARIS,

Chez MARCHAND, Libraire, Palais du
Tribunat, galerie de bois, près le Passage
Valois, N°. 188.

Et au Passage Feydeau, N°. 24.

AN X (1802).

NANINE

DE

MANCHESTER.

Hᴀᴍɪʟᴛᴏɴ, comme on vient de le voir par sa dernière lettre à Sidney, n'eut pas plutôt appris qu'on avait arrêté Thomi, qu'il courut implorer la protection du Prince de Galles ; il n'eut pas de peine à l'obtenir. Ce Prince, depuis les premières démarches du Lord Homfroy, en faveur de Milady Manchester, n'avait cessé de s'intéresser à elle et à ses enfans. La mort de cette dame ne l'avait pas refroidi ; il l'avait prouvé à Sidney, lorsqu'à son retour à Londres, le Lord Homfroy le lui présenta avec Hamilton : son accueil fut des plus gracieux ; il eut même alors la condescendance de parler à Manchester, en faveur de Sidney.

Dès qu'Hamilton sût son ami en sûreté, il fut en faire part au Prince, en lui rappelant la promesse qu'il avait faite de lui faire ouvrir la prison de Thomi. — Je voudrais , de tout mon cœur, pouvoir vous la tenir, lui dit le Prince ; mais je ne sais par quel moyen le Roi a été instruit de l'intérêt que je prends à cette affaire. Ce matin il m'en a parlé , et m'a fait sentir qu'il voulait que je restasse neutre. « Je lui remontrai les violences de Manchester. » Je le connais , me répondit-il : dans ce moment il est l'offensé , nous ne devons pas influencer la justice ; elle lui est due comme à tous nos sujets. Je vous répète que mon desir est que vous n'agissiez pas dans ce procès ; vous m'obffenseriez , si vous contréveniez à mess ordres. » Vous voyez , continua le Prinnce de Galles , que j'ai les mains liéess, et vous ne pouvez m'accuser de mauuvaise volonté.

Lle Lord fut trouver les juges , et leurr demanda une permission pour pouvoir parler au prisonnier : ils ré-ponndirent qu'on ne pouvait lui accorder : une telle grace , sur-tout d'après l'intterrogatoire du prisonnier ; que n'ayyant pas voulu dire ce qu'était de-venaue Lady Manchester , Milord, son pèrce , avait obtenu , et avec raison , qu'con le renfermât plus étroitement , juscqu'à ce qu'il eût fait les révélations quii l'intéressaient. Si , ajoutèrent les jugges , vous ne desirez voir le détenu quee par intérêt pour son maître , nous croyyons , Monsieur , pouvoir vous faire un aveu dont nous sommes persuadés quee vous n'abuserez pas. Apprenez

A 2

que cet infortuné, loin de charger son maître dans ses dépositions, a juré que Sir Sidney avait ignoré absolument le projet que lui seul a formé et exécuté. Hamilton, sensible à leur franchise, n'osa en demander davantage, et se retira ; emportant la satisfaction de savoir son ami justifié. Il espéra que Nanine lui écrirait, et lui donnerait les moyens de sauver Thomi. Un mois se passa dans cette attente, pendant lequel, surveillant toutes les démarches de Manchester, il apprit que Charles était rétabli ; mais que son père, depuis quelques jours, était dangereusement malade. Croyant devoir profiter de cette circonstance, pour le fléchir en faveur de Thomi, il se rendit à son hôtel, et demanda à le voir. On allait l'introduire, lorsque Patrige, qui sortait de l'appartement, le reconnut, et lui dit, du ton le plus

arrogant, qu'il ne souffrirait pas qu'un
ennemi de son maître eût l'audace de
se présenter à sa vue. Hamilton, sans
lui répondre que par un regard méprisant, le tira par le bras, et entra chez
Milord. Plusieurs personnes étaient
autour du lit ; Charles était assis au
chevet, tenant une des mains de son
père qui paraissait expirant. Ce spectacle émut Hamilton : il veut s'approcher du malade ; Charles se lève, et le
conduit auprès d'une croisée. Que
voulez-vous, Monsieur ? lui demanda-t-il alors ; quel sujet peut vous amener ?
Hamilton ne lui cache pas l'intérêt qui le
conduit. — Hé pourquoi mon père doit-il
pardonner, Monsieur ?... Vous ne devez
pas l'espérer, l'affront est trop grand ;
il nous faut une vengeance éclatante :
ce n'est pas nous d'ailleurs que ce malheureux doit implorer, mais le maître
assez lâche pour fuir avec sa proie,

en laissant dans les fers l'instrument dont il s'est servi. Hamilton sent qu'il va s'échauffer, qu'il n'a rien à espérer d'un ennemi de mauvaise foi ; et ne voulant pas , par égard pour l'état de Manchester, traiter Charles comme il le méritait , il prit le parti de se reti- rer , et d'attendre que Milord fût en état de l'entendre. Il sortit sans regar- der Charles , mais salua les autres per- sonnes qui étaient dans l'appartement.

En rentrant chez lui , il trouva un des pages du prince de Galles qui l'at- tendait pour le conduire à son altesse. Hamilton le suivit.

J'ai voulu vous prouver mon attache- ment et me raccommoder avec vous , lui dit le prince en l'abordant. Le Lord voulut l'interrompre ; il le lui défendit, et continua. Oui, me raccommoder ; j'ai bien vu qu'en me quittant l'autre jour , vous n'étiez pas content ; vous

aviez peine à vous persuader que je ne
pusse vous servir ; la chose était pourtant certaine, et j'en étais aussi très-
mortifié. Ne pouvant donc vous être
utile sur ce point, j'ai voulu vous servir
d'une autre manière. Dites-moi, quel
titre, quelle place ou dignité desireriez-
vous ? Hamilton surpris de la question,
après avoir témoigné sa reconnaissance, déclara que son ambition était satisfaite par les places qu'il occupait
déjà à la cour ; mais que son cœur ne
l'était pas ; que le prince pouvait com-
bler ses vœux, en l'attachant plus particulièrement à sa personne. Je l'espère
bien aussi, reprit le prince en souriant ;
mais il faut, avant, que vous remplis-
siez une mission que je viens d'obtenir
pour vous : on a besoin d'une personne
éclairée et d'un zèle assuré, pour une
négociation auprès de la Porte ; j'ai
parlé de vous au roi, et vous êtes ac-

cepté. Allez tout préparer pour partir
promptement : donnez un faux prétexte à votre voyage ; car ce ne sera
qu'après votre arrivée à Constantinople, qu'on fera connaître que vous y
êtes en qualité d'ambassadeur extraor-
dinaire ; il est essentiel que, jusqu'à
cette époque, tout le monde puisse
l'ignorer ; feignez d'aller rejoindre Sidney ; faites le plus de diligence possible
dans vos préparatifs ; et, quand vous
serez prêt, vous viendrez me trouver,
pour que je vous conduise moi-même
faire vos remercîmens au roi, et recevoir ses ordres.

Hamilton ne fut point ébloui d'une
telle faveur ; cependant il crut ne pouvoir la refuser, quelque contraire qu'elle
fût à ses desirs. Dès que ses équipages
furent prêts, il fut retrouver le prince
de Galles, prit congé du roi, fut
chez le ministre, recevoir ses instruc-

tions , écrivit à Sidney , et partit de Londres avec son épouse , qui voulut le suivre.

Nanine ne voyant pas revenir Thomi, ne recevant aucune nouvelle de Sidney, s'abandonna au plus vif chagrin , sa santé en fut même tellement altérée , que ses amies s'en alarmèrent ; elles inventaient chaque jour de nouveaux motifs de consolation , lorsqu'elles-mêmes ne pouvaient concevoir le silence de Sir Sidney. Deux mois se passèrent dans cette anxiété ; Nanine ne pouvant plus la supporter , leur déclara un jour qu'elle était déterminée à enfreindre la promesse qu'elle avait faite à Thomi : Je vais écrire à Sir Hamilton , puis-je douter encore que Sidney et Thomi ne soient arrêtés ! Si Hamilton me confirme ce que je crains, je ne délibère plus, je retourne à Londres , je rentre sous l'obéissance de mon père , je sauve rai Sidney, et je ne pourrai jamais me repentir d'un sacrifice qui rendra l'honneur et la vie à tout ce que j'aime. Anna approuva sa résolution, et l'engagea à écrire le jour même.

Quoi, Miss! demanda Mistriss Nelton à Anna, souffrirons-nous que cette infortunée exécute son projet, après les procédés qu'on a eus pour elle? Je crains à la vérité pour son amant; mais, n'étant pas coupable, les lois ne peuvent le punir; pourrait-il, d'ailleurs, lui savoir gré d'une démarche qui les séparerait pour la vie? — Mistriss, reprit Anna, avez-vous pu penser que j'y consentisse? Non, elle m'est trop chère pour le supposer : voilà mon dessein, je la laisse écrire, parce que je ne crois pas que cette lettre l'expose, et j'espère, au contraire, qu'elle en recevra quelqu'adoucissement à ses peines, premier motif. Le second, c'est que

nous avons., vous et moi , intérêt de
savoir ce qui s'est passé depuis que nous
sommes ici ; ayons soin seulement que
la réponse ne tombe pas dans ses mains ;
si elle est favorable , nous nous excu-
serons facilement de l'avoir lue avant
de la lui remettre ; si, au contraire , ce
que nous craignons est arrivé , le Lord
à qui elle écrit nous donnera les moyens
de sauver Sidney , sans l'exposer elle-
même : il connaît trop la tendresse de
son ami pour Nanine , pour ne pas
s'opposer à un sacrifice dont Sidney le
blâmerait.

. Mistriss Nelton ayant trouvé que les
motifs d'Anna étaient sages , elles lais-
sèrent partir la lettre , et attendirent la
réponse avec impatience : leur attente
fut trompée, il n'en vint point. Comment empêcher Nanine de retourner
chez son père? elle se plaignait amère-
ment de la contrainte où elles la rete-

naient : Pendant que vous délibérez ;
leur disait-elle , Sidney est peut-être
dans les fers ; cette cruelle idée me
poursuit sans cesse, et vous me rete-
nez !.... Ah ! pourquoi, lorsque vous
voulûtes me faire pressentir qu'il cou-
rait des dangers ; mon cœur se refusa-
t-il à vous croire ?... Je l'ai livré moi-
même à ses ennemis , en lui faisant
partager ma sécurité , en le forçant à
rester à Londres.

Il eût été difficile de l'empêcher de
partir de chez Mistriss Nelton , si ses
forces le lui eussent permis ; mais, de
plus en plus exténuée par le chagrin ,
on n'avait pas à craindre qu'elle entre-
prît ce voyage ; elle le sentait elle-
même, et son mal-aise en augmentait.
Quoi! je mourrai donc sans être éclair-
cie sur son sort! s'écriait-elle doulou-
reusement... — Calmez-vous, ma chère
Lady , lui dit Mistriss Nelton , après
avoir

avoir rêvé un moment ; il est peut-être un moyen de vous instruire de ce qui s'est passé depuis votre fuite ; mon frère, j'espère, ne refusera pas de nous rendre ce service. — Ah ! Madame, vous me rendez la vie ; se peut-il que nous n'y ayons pas pensé plutôt !... Ma bonne, ma tendre amie, trouvez-moi quelqu'un que je puisse lui envoyer.

Mistriss Nelton avait chez elle pour cultiver ses terres, deux frères nés dans le pays ; une jeune sœur qu'ils avaient, était aussi à son service : tous trois eussent donné leur sang pour une si bonne maîtresse. Un des frères fut chargé de la lettre : on lui recommanda de faire le plus de diligence possible, et sur-tout de ne point revenir sans réponse.

Il ne fut de retour qu'au bout de dix jours, et remit une lettre à Lady de la part du fermier.

Tome III.   B

« Miss, lui écrivait-il, vous jugerez de mon zèle à vous servir par le prompt retour de votre messager. La lettre de ma sœur m'a causé la plus grande surprise, je croyais mon neveu chez son père, et Sir Sidney avec vous. Dès que j'ai été instruit du sujet de votre inquiétude, je l'ai bien vivement partagée, et, sans perdre de temps, je me suis rendu à Arthon, chez mon beau-frère, me faisant accompagner de votre envoyé. J'ai trouvé mon malheureux frère dans la désolation : je ne peux ni ne dois vous le cacher, Miss ; Thomi est dans les fers depuis son retour. Je ne doute pas de l'intérêt que vous prendrez à son infortune, il le mérite. Ce qui doit diminuer vos inquiétudes, c'est que lui seul est arrêté ; oui, Miss, lui seul ; Sir Sidney est en sûreté ; il a quitté l'Angleterre, vous n'avez rien à craindre pour lui.

« Je vais me rendre à Londres pour
solliciter l'élargissement de mon neveu ;
j'espère à mon retour être à même de
vous donner des détails qui pourront
vous rendre la tranquillité. Je vous engage à ne point quitter votre retraite ;
puisque Thomi ne l'a point révélée,
nous devons croire qu'il a pensé que ce
mystère était nécessaire pour votre
bonheur. Attendez au moins mon retour, avant de faire aucune démarche. »

Nanine, tout en déplorant le malheur de Thomi, ne put se défendre
de la plus vive joie, en sachant Sidney échappé à tous dangers. Elle était
cependant surprise qu'il ne lui écrivît
pas ; mais ne voulant pas troubler ce
premier moment de joie par des réflexions inutiles, elle pensa qu'elle serait instruite du motif de son silence
par l'oncle de Thomi. Elle reprit un

peu de sécurité, et consentit à se distraire, en suivant la bonne maman
(c'était le titre qu'elle avait donné
depuis quelque temps à Mistriss Nelton) dans ses promenades autour de
son habitation, n'osant cependant ha-
sarder de descendre jusqu'au hameau,
dans l'appréhension d'être découverte :
sur-tout depuis qu'elle savait son cher
Edouard hors d'atteinte, elle était déterminée à passer plutôt sa vie dans ses
montagnes, que de s'exposer à retomber au pouvoir de son frère ou
d'Halifaix : elle ne pouvait penser à
ce dernier, sans frémir du danger
qu'elle avait couru.

Anna et la bonne maman s'accor-
daient pour lui répéter que tant de
traverses seraient récompensées un
jour ; que son bonheur en serait d'autant plus grand, qu'il lui aurait plus
coûté pour y atteindre. —Je veux vous

croire, mes amies, leur disait-elle
avec douceur ; ce ne sera pas la première fois que j'aurai embrassé des
chimères ; mais pour supporter la vie
il faut souvent prendre ce parti, et
s'accommoder des rêveries de notre
imagination, pour étourdir, s'il se peut,
le cœur et la raison : voilà où je suis
réduite. — La réalité viendra, Miss ;
ne parlons pas dans ce moment de l'a-
venir, mais du passé : n'êtes-vous pas
plus heureuse que lorsque vous étiez
renfermée dans le château de Manchester ? Aviez-vous plus d'espoir alors
que dans ce moment ? — Ah ! bonne
maman, songez que ma liberté a fait
deux malheureux, que Sidney a été
forcé de fuir sa patrie, et que j'ai pré-
cipité l'autre dans un cachot !......
Donnez-moi les moyens de les revoir
libres, et vous me verrez bénir l'instant qui m'a conduite chez vous, sans

cela je ne peux goûter vos consolations.
— Mon frère, ma chère Nanine, vous
les donnera ces moyens ; cessez donc
de vous allarmer , et attendons son
retour.

Il fut plus prompt qu'elles ne l'a-
vaient espéré. Son air consterné , les
larmes qui baignèrent son visage dès
qu'elles lui demandèrent des nouvelles
de Thomi , leur firent présager que
son voyage n'avait pas eu des suites
aussi heureuses qu'il s'en était flatté à
son départ. Nanine le regarde avec
effroi, et ne peut l'interroger. — Mon
frère , lui dit enfin Mistriss Nelton ,
n'avons-nous plus d'espoir , et Thomi...
—Est jugé ! répond le fermier d'une voix
concentrée , et en cachant sa tête dans
ses mains. — O Ciel !... s'écrient ces
trois femmes à la fois , il est jugé !...
Un morne silence succède à ce cri ; elles
n'osent plus lui rien demander ; elles le

fixent dès qu'il a donné quelque trêve à
sa douleur, et semblent vouloir deviner
dans ses yeux ce qu'elles craignent
d'apprendre : il pénètre leur pensée et
prenant un visage plus serein , il leur
dit , en pressant leurs mains dans les
siennes : Aimable Miss , et vous ma
chère sœur , combien votre sensibi-
lité me touche et adoucit mes maux !
Thomi ! notre pauvre Thomi est perdu
pour nous; mais il ne mourra pas ; non,
Lady , votre père.... Ah ! je lui dois
encore des actions de graces , puisqu'il
a su retenir la rigueur des juges , qui,
probablement gagnés par son fils ,
allaient le condamner à mort ; votre
père , dis-je , a tant sollicité pour mon
malheureux neveu, qu'on a enfin com-
mué la peine en une prison perpé-
tuelle. — Ah ! Monsieur , Monsieur ,
s'écrie Nanine , il vous sera rendu ; il
m'est possible de faire casser ce juge-

ment, et j'y vole. Partons, Monsieur, conduisez-moi à Londres ; je me présenterai aux juges, et ils connaîtront son innocence. — Miss, je n'en attendais pas moins de votre générosité, reprit le fermier ; mais il n'est plus temps, vous vous perdriez sans qu'il en devînt plus heureux. J'avais, à force de prières, obtenu la liberté de l'entretenir ; je ne dois plus vous cacher, Miss, que j'ai tout employé pour le faire consentir à révéler ce qu'on desirait de lui. Ma proposition l'a révolté. Il m'avait reçu avec joie, embrassé avec transport, il m'avait même paru avoir peu souffert de sa détention : dès que je lui eus ouvert mon cœur, montré ma joie de pouvoir le rendre libre, il me repoussa de ses bras, s'abandonna aux larmes, et laissa échapper des regrets de s'être confié à moi. Un instant après, se jetant à mes pieds, il me conjura de ne pas le

le rendre plus malheureux en voulant
le servir. « J'aime ma captivité, ajouta-
t-il, elle a des charmes pour moi que
n'aurait pas la liberté ». Que vous di-
rai-je, Miss? j'ai été obligé de céder à
mon tour ; et si je trahissais sa confiance, il se punirait lui-même de me
l'avoir donnée ; je dois donc me taire ,
et tenir mon serment. Recevez, Miss,
le sacrifice qu'il vous fait , et suivez les
avis qu'il m'a chargé de vous donner.
Dites à Lady Manchester , m'a-t-il
dit en nous séparant , que mon sort
n'a rien d'affreux, qu'il le deviendrait
si j'apprenais qu'elle fût revenue chez
ses barbares parens ; et si elle croit
me devoir quelque reconnaissance ,
elle ne peut me la prouver qu'en restant où elle est , jusqu'au moment où
Sir Sidney pourra revenir dans sa patrie ; c'est de lui seul que je veux obtenir ma liberté : dès qu'il sera son

époux, qu'elle daigne alors lui rappeler
son fidèle Thomi. — Vous me voyez encore attendri de tant d'attachement,
continua le fermier. — Hé ! vous croyez,
Monsieur, lui dit Nanine, que je céderai
à Thomi en générosité ? — Non,
Miss, non ; je suis convaincu de votre
bonté, mais elle serait infructueuse
dans ce moment. Tel est le pouvoir
des grands sur le faible : il leur faut
une victime, et Thomi en est une que
nous ne pourrions leur arracher.
Vous devez croire que j'ai tout tenté
pour y parvenir, par-tout j'ai été re-
buté et humilié. Votre père a vu mes
larmes ; et malgré qu'il m'en parût
touché, il me dit n'avoir que trop fait
pour un misérable qui lui avait ravi
sa fille : je voulus lui faire quelques
objections qu'il ne voulut point entendre ; il m'ordonna de quitter Londres
promptement, si je ne voulais être

arrêtééés comme complice de mon neveu;
— O c c cciel! quelle dureté? Monsieur, s'é-
cria INNanine, pardonnez les peines que
je vouuuss ai causées, je veux et dois les ré-
parerrr:: rien ne peut me faire changer de
résoltuuition, je vais retourner chez mon
père.:.. — Hélas, Miss! vous n'y serez
plus reçue; apprenez tous vos mal-
heursss.. Mon frère m'avait dit de m'a-
dressisser à Londres, au Lord Hamilton ::: je n'ai plus trouvé ce seigneur;
ses ggens m'ont appris qu'il était allé
retrcoouver son ami le Lord Sidney, qui,
disamit-on, avait passé aux Indes après
son combat. — Son combat! s'écria de
nouuweau Nanine; et contre qui s'est-il
battttu? — Voilà ce que j'aurais voulu
vouas; cacher, Miss, il a été forcé de dé-
fenadre sa vie contre votre frère. Sir
Chaarles, grièvement blessé, a été long-
temmps en danger; et votre père, à ce
qu'on assure, par une tendresse aveu-

gle pour son cher fils , a disposé de sa
fortune en sa faveur : en un mot, vous
êtes déshéritée ; votre père ne s'intéresse plus à vous , et a cessé toute
poursuite contre Sir Sidney.

Mistriss Nelton , voyant Nanine pâle
et se soutenant à peine , lui tendit les
bras. Venez ma chère Lady, lui dit-elle,
tant que je vivrai , il vous restera une
amie. Le frère de cette dame lui jura
aussi que le malheur de son neveu n'a-
vait point détruit l'attachement qu'il lui
avait voué. Restez donc avec nous ,
ajouta-t-il , quel que soit l'éloignement
de Sir Sidney , vous pouvez vous flatter
qu'il s'empressera de revenir auprès de
vous ; et votre bonheur est assuré, si vous
êtes prudente, et si vous attendez auprès de ma sœur, l'époux que votre cœur
a choisi. Je viendrai quelquefois vous
voir , je vous écrirai si j'ai quelques heureuses nouvelles, je m'informerai aussi

du Lord Hamilton ; et s'il revient, je le préviendrai moi-même sur tout ce qui vous touche, et vous l'amenerai.

On embrasse toujours avec avidité ce qui flatte notre cœur, Nanine rouvrit le sien à l'espoir, elle ne sentit plus la perte d'une fortune immense, et ne vit le bonheur que dans le retour de Sidney, ses larmes se sechèrent, un doux sourire les effaça ; elle passa du désespoir à la confiance, et assura que Thomi ne souffrirait pas long-temps de l'injustice de ses parens. Consolez son père, dit-elle au fermier, son cher Thomi sera bientôt dans ses bras.

Nanine reprit peu-à-peu sa gaîté, et sa santé ne tarda pas à se rétablir. Ne voulant pas être à la charge de la bonne maman, elle la pria de lui faciliter les moyens de se défaire d'un diamant — Non, Miss, lui dit Mistriss Nelton, non je ne peux consentir à ce

que vous vous priviez de vos bijoux :
tout ce que je peux permettre pour ménager votre délicatesse , c'est de faire
vendre ce que vous n'avez fait jusqu'à
présent que pour votre amusement.
Vous et Anna, savez faire mille petits
ouvrages qui serviront à votre entretien ; tous les deux ou trois mois nous
enverrons Pathi, (c'était sa gouvernante) porter cela à Edimbourg, j'y
ai une ancienne connaissance qui vous
les vendra. — Mais, bonne maman ,
notre ouvrage ne pourra jamais suffire :
nous n'avons plus d'argent, vous savez
que notre garderobe est fort mince, et...
—J'y réfléchirai ma chère Lady, lui dit
Mistriss Nelton, en l'interrompant ; en
attendant prenez ces vingt livres sterling, dont je me rembourserai sur la
prochaine vente. — Mais encore une
fois, maman, l'ouvrage de trois mois...
—Miss, ressouvenez vous que nous nous
sommes promis de ne jamais nous con-

trarier. Elle sortit en disant ces mots, et laissa sur les genoux de Nanine l'argent qu'elle venait d'offrir.

Que penses-tu de ce procédé ? demanda Lady , (à son amie qui brodait auprès d'une croisée, et qui n'avait pas cru devoir se mêler de la conversation.) Je pense que c'est la meilleure comme la plus aimable des femmes, que malgré qu'elle nous semble dans l'aisance, nous ne devons pas en abuser. — Certainement ! mais comment ferons-nous ? — Dissimulons pour ne pas la fâcher, lorsque Pathi ira à Edimbourg, je demanderai à l'accompagner ; elle ne pourra me refuser et je m'y déferai de votre diamant. — Tu as raison, ne nous occupons plus l'esprit ; voilà un expédient qu'elle ne pourra parer.

Pendant trois mois elles travaillèrent avec une ardeur qui fâchait sou-

rent la bonne maman. Miss, leur dit elle
enfin, ma pauvre Pathi ne pourra jamais se charger d'un si gros ballot. —
Nous le diviserons, maman, lui répondit Anna ; je veux aller voir votre capitale, je m'ennuie et veux me distraire par ce voyage ; nous prendrons
deux chevaux et un conducteur. Vous
voyez que nous n'avons pas trop tra-
vaillé pour payer nos frais et acheter
mille petites choses dont nous avons un
extrême besoin.

Quoique Mistriss Nelton n'approuvât
pas le voyage d'Anna, elle n'osa le lui
dire, sentant qu'elle n'avait d'autre auto-
rité que celle qu'elle avait bien voulu lui
donner, et puis Anna était d'un caractère qui ne souffrait pas patiemment
la contradiction ; elle ne voulut pas ris-
quer de perdre une partie de son amitié, en lui donnant un avis qui pourrait
lui déplaire. Anna partit donc, après

avoir promis de n'être que huit jours.
Qu'on juge de l'inquiétude de ses
amies, quand elles en virent quinze
d'écoulés, sans avoir même eu de ses
nouvelles ! Le seizième dans la matinée
elle arriva, en faisant grand bruit dans
la cour pour y attirer ses amies.

Hé ! ma fille, lui dit Mistriss Nelton
en l'embrassant, à quoi avez-vous
donc passé votre temps ? n'avoir pas
trouvé le moment de nous écrire un
mot pour nous tranquilliser !

Pour Nanine, elle la voyait, l'embrassait, et ne pensait plus à la gron-
der.

Dès qu'Anna eut congédié l'homme
qui l'avait amenée, elle se hâta de
s'excuser auprès de ses amies. Vous ne
me blâmerez plus, maman, quand vous
saurez dans quel embarras je me suis
trouvée.

Le lendemain de mon arrivée, je

sortis avec votre amie , qui voulut absolument m'accompagner. Après avoir
parcouru une partie de la ville , je me
sentis lasse ; voulant rentrer je le proposai à ma compagne , elle y consentit,
et nous reprîmes notre chemin. Nous
avions à peine fait cent pas , quand je
vois devant moi le Lord Halifaix : comment l'éviter ? Il me reconnaît , et m'a-
borde avec une joie si vive que mon
trouble en augmente. Après un bon-
jour très-froid je veux m'éloigner : Vous
ne me quitterez pas Miss , s'écrie-t-il,
en me saisissant la main ; de grace
donnez - moi des nouvelles de Lady
Manchester ? . . . Croyez-vous pouvoir
encore nous tromper , Monsieur ? repris-
je avec dédain ; perdez cet espoir : mon
amie est perdue pour vous , maintenant
sous les loix d'un époux elle... — Quoi !
interrompit Nanine , tu as fait ce mensonge ? — Oui, c'était le seul parti qui

se présenta pour me débarrasser de
lui ; cependant il ne me réussit pas...
Ah !... je respire, me répondit le Lord
avec un air de satisfaction, qui dans
un autre eût pu m'en imposer..... Il
me fixe, et me dit : Miss, vous paraissez
douter de la vérité de mes paroles ? cependant elles ne sont que les organes
de mon cœur ; mais, Miss, comme je
ne veux pas vous retenir ici, permettez
moi de vous suivre chez vous ; ou, si dans
ce moment j'étais importun, donnez-
moi votre adresse, je vous en supplie
avec instance, j'ai mille choses à vous
dire. J'allais lui répondre, lorsque Madame Harisse, votre amie, flattée sans
doute de recevoir chez elle une personne
qui lui paraissait bien au-dessus de tout
ce qu'elle connaissait, se hâta de nommer sa rue. Il n'était plus temps de re-
médier à cette inconséquence ; j'eus
donc l'air de me prêter de bonne grace

à recevoir une visite que je ne pouvais plus empêcher. Halifaix me témoigna sa reconnaissance, et me demanda le jour et l'heure où il pourrait m'entretenir sans me déranger. Comme je voulais avoir le temps de me concerter avec Pathi et de mieux connaître mon hôtesse, je le remis au sur-lendemain. Nous nous séparâmes, agités l'un et l'autre par des pensées bien opposées; du moins j'eus lieu de le croire, en le voyant aussi satisfait que j'étais mécontente.

Ah ! le bel homme ! ma chère Miss, me dit Madame Harisse, dès qu'il fut éloigné : puis s'arrêtant pour le regarder encore : Mais voyez donc comme il a bonne tournure ! . . . . En disant ces mots, elle me tira à elle avec force, et m'obligea de me retourner ; jugez de ma confusion, Halifaix nous regardait dans ce moment. Il faut vous

l'avouer, bonne maman, jamais je
n'éprouvai un tel dépit; j'allais me fâcher contre votre amie, si la réflexion
ne m'eût retenue ; j'avais besoin de la
mettre dans mes intérêts : il ne fallait
donc pas la fâcher, et garder le silence
sur son étourderie. Je continuai mon
chemin, en riant en moi-même de
toutes les conjectures qu'elle se formait
déjà sur cette rencontre. Dès que nous
fûmes arrivées, je pris Pathi en particulier.

Ma chère Pathi, lui dis-je, vous
aimez Lady Nanine; vous ne voudriez
pas lui faire de la peine, sans doute ?
Ah! Dieu m'en garde, répondit cette
bonne fille ; qui pourrait ne pas l'aimer ? elle est si douce ! Moi, moi, lui
faire de la peine?.... Miss, qui peut
vous donner cette crainte ? Pathi, je
vous crois très-attachée à mon amie et
à moi; cependant jurez que quelles

que soient les promesses et les questions
qu'on puisse vous faire , vous n'y
répondrez que ce que je vais vous
dicter. — Miss , si vous connaissiez
mieux Pathi , vous ne lui demanderiez
pas de serment ; mais je veux bien vous
le faire. — Arrêtez , Pathi , lui criai-je,
je n'en veux point de vous..... Atta-
chée depuis votre enfance à Mistriss
Nelton , elle vous a donné ses principes ; je crains plutôt que vous ne vouliez plus vous prêter aux mensonges.
— Peuvent-ils vous rendre service sans
nuire à personne ? —Oui, Pathi. —Parlez, Miss, je suivrai ma leçon. — Vous
direz donc que je suis la nièce de Mistriss
Nelton ; qu'il y a environ six mois que
j'arrivai chez elle avec une amie ; mais
qu'elle n'est pas restée long-temps avec
moi ; qu'un Lord , dont vous ne vous
rappelez plus le nom, l'emmena avec
lui ; dites aussi que je voulais suivre mon

amie , mais que ma tante s'y opposa ,
parce qu'elle s'en allait bien loin au-
delà des mers. — Comment , Miss , me
dit Pathi en riant; il faudra dire tout
cela?—Oui, si vous voulez nous rendre
un grand service à Nanine et à moi.
— Je le dirai , ho je le dirai , Miss ,
soyez tranquille. . . . . Mais vous n'avez
donc pas dit qui vous êtes à Madame Harisse? — Non , je lui ai dit simplement
que Mistriss Nelton m'adressait à elle,
pour me faciliter les moyens de me défaire de mes travaux. Je n'eus pas le
temps hier au soir de causer beaucoup
avec elle ; ce matin , nous sommes sor-
ties ; j'étais trop distraite pour parler
d'autres choses que de ce qui frappait
ma vue ; rien enfin ne m'a mise dans
le cas de lui parler de moi ni de mon
amie ; ainsi secondez=moi , et elle croira
tout ce que nous dirons. Madame Harisse , ajoutai-je , n'est pas la seule per-

sonne que j'aie à craindre. Un monsieur doit venir me voir , et c'est lui
sur-tout qui pourra chercher à vous
faire parler..... Ah ! Pathi ! m'écriai-
je , j'allais oublier une chose essen-
tielle ; renvoyez-le à moi, s'il vous demande le lieu que j'habite. — Soyez
sans inquiétude , Miss ; on ne saura de
moi que la leçon que vous venez de me
donner.

Rassurée sur Pathi, je fus retrouver
mon hôtesse, qui me mit bientôt dans
le cas de l'instruire de ce que je voulais qu'elle sût , sans toutefois lui faire
soupçonner ma bonne foi. Pardonnez ,
Miss, me dit-elle, si je vous interroge ;
mais j'ai un peu de curiosité, et ce
beau Monsieur qui vous a parlé m'occupe , c'est tout au moins un Lord ?...
—Oui, Madame...—Comment, Miss,
un Lord ! il me semble pourtant que
vous lui avez parlé bien durement ?
— Comme

—Comme je le devais, Madame.—Encore une fois pardon ; mais vous êtes donc une Lady, pour n'avoir pas eu plus de respect pour lui ? Je ne pus m'empêcher de rire de sa question. — Ah ! vous en êtes une !.... je le vois, reprit-elle, avec un ton composé , et qui paraissait approcher du respect. — Non, Madame , non , la nièce de Mistriss Nelton n'est point une Lady ; mais elle n'en sait pas moins ressentir une offense , et elle la reprocherait , fût-ce au roi lui-même, s'il était le coupable. — Ah ! ah ! s'écria mon hôtesse, en souriant à son tour ; et, d'un ton léger, elle ajouta : Vous avez , ma chère, une fierté de caractère qui vous élève trop au-dessus de votre état; elle pourrait vous être préjudiciable; et ce Lord peut, sans vous offenser ni vous ni votre tante , vous honorer , au contraire , beaucoup, en vous témoignant

autant de déférence qu'il l'a fait , sur-
tout s'il..... — Je vous remercie de vos
avis, repris-je avec feu; mais, croyez-
moi, Madame, laissez-moi le soin de
juger de ce qui peut m'être nuisible ou
avantageux. — Je n'ai plus rien à dire,
Miss, je veux croire même que ce Lord
mérite la réponse que vous lui avez
faite : avez-vous remarqué qu'il en a
rougi?... — Non , Madame, non , je ne
remarque que les choses qui peuvent
m'intéresser. — Vrai, Miss ? — Très-
vrai. — Ah ! qu'elle.... — « Achevez ,
achevez, Madame , m'écriai-je d'un
ton piqué... Hé bien, vous vous taisez?»

— Miss, j'ai tort, je vous demande
pardon, ne nous fâchons pas, repre-
nons paisiblement notre conversation ;
puisque le Lord veut vous voir, ce n'est
sans doute que pour obtenir son pardon..... Oh , vous le lui accorderez ,
ajouta-t-elle , en souriant d'un air

malin. Je ne répondis rien, quoique je fusse outrée : j'étais forcée de la craindre, mais aussi je ne lui fis point la confidence que je vis qu'elle méritait si peu.

Vous avez bien fait, ma chère Anna, lui dit Mistriss Nelton : c'est cependant une femme très - honnête, très - obligeante, qui n'a voulu sûrement que vous inquiéter un moment ; je la connais assez pour vous en répondre ; mais elle est très-indiscrète, curieuse à l'excès ; votre secret eût bientôt cessé d'en être un avec elle.

Voilà aussi, bonne maman, ce que j'avais remarqué dès le premier moment, et ce qui me rendit réservée. Nous ne parlâmes plus du Lord le reste de la journée. Le lendemain nous sortîmes encore ensemble ; pendant le cours de notre promenade, qui fut assez longue, nous ne rencontrâmes point Halifaix :

je remarquai qu'elle en fut surprise ; cependant elle ne m'en parla pas, se contentant de me faire observer qu'il était tard, et qu'il fallait rentrer. Je souris en voyant sa méprise. Ah ! vous avez raison, me dit-elle, ce n'est que pour demain ; continuons donc notre route ; aussi bien j'ai plusieurs maisons où je veux vous mener.

A l'heure que j'avais indiquée, nous entendons une voiture arrêter à la porte. Voilà votre Lord, ma chère Miss, s'écria Madame Harisse, en courant à la croisée ; oui, je ne me suis point trompée, c'est bien lui!.... Puis s'approchant de moi, elle me dit d'un ton mystérieux : Je vous avertis de vous armer de rigueur, si vous ne voulez pas pardonner ; car il est beau comme un ange. A peine finissait-elle ses impertinentes réflexions, qu'il entra conduit par Pathi. Je vais vous

laisser, nous dit votre amie, en nous
faisant la révérence. Nous lui rendîmes
son salut, et la laissâmes sortir.

Miss, me dit Halifaix, en s'asseyant
près de moi, j'attendais avec impatience le moment où je pourrais, non
me justifier, je n'en ai pas le projet;
mais vous avouer mes fautes, et vous
prouver mon repentir. — Je vous préviens, Monsieur, lui dis-je, que je
serai très-incrédule. — Hé pourquoi,
Miss?.... Ne voyez-vous pas tous les
jours des coupables abjurer leurs erreurs? Je suis dans ce cas; j'ai eu des
torts, je ne cherche pas à les diminuer,
en vous disant que Sir Charles autorisait mes entreprises. Non, pour mériter son pardon, il faut être sincère,
et vous avouer que j'eusse agi de même
sans en être pressé. Connaissez-moi
enfin tel que j'ai été; malgré qu'un
intérêt puissant me fasse desirer votre

estime, je n'en serai pas moins franc, et vous dirai la vérité. Mais laissez-moi espérer que vous me mettrez à portée de vous faire juger de mon changement.... Faites-moi cette promesse, Miss, elle m'est nécessaire pour m'encourager à dévoiler mes erreurs. — Quelle promesse, me demandez-vous, Monsieur? Hé pourquoi vouloir me faire des aveux que je ne desire pas entendre, qu'il m'est inutile de connaître? Je n'ai pas refusé de vous recevoir, il est vrai; mais aucun motif de curiosité ne m'a portée à vous accorder cette faveur : je ne vous croyais d'autre desir que celui d'être instruit plus particulièrement sur le sort de Lady Manchester. — Oui, Miss, telle a été ma pensée, lorsque je vous ai demandé un entretien : mais aujourd'hui je veux vous prier de parler à Madame Sidney en ma faveur; j'ai sans doute perdu son estime, et je veux, en la regagnant, obtenir aussi celle de sa meilleure amie.

Je ne sais pourquoi en ce moment mes yeux se portèrent sur lui, et je sais encore moins pourquoi je desirai qu'il se justifiât. Prenant mon silence pour une marque certaine que j'étais disposée à l'écouter, il me raconta, non les artifices employés pour vous enlever à Sidney, mais sa propre histoire ; avouant ses fautes, ses défauts mêmes avec une franchise si naturelle, que craignant d'en être la dupe, je me disais tout bas : On veut me séduire, m'en imposer, tenons-nous sur nos gardes. Ce ne fut qu'avec distraction que je l'écoutais ; cependant son arrivée à Manchester, réveilla mon attention ; il me parla de votre fuite, du chagrin qu'il en éprouva, et enfin de son combat avec Sidney. — Halifax

s'est battu avec Sidney, s'écria Nanine, en interrompant son amie, et
il veut que je lui pardonne ?.... Non,
non, jamais.

Écoutez jusqu'au bout, reprit Anna,
et ne le condamnez pas sans l'entendre.
Voilà ce qu'il m'a dit :

» Vaincu par les procédés de Sidney,
je cessai de le voir d'un œil jaloux;
voulant même l'excuser auprès de
Milord, je fus lui rendre un compte
fidèle de ce qui s'était passé entre lui
et Charles. Milord ne m'écouta pas,
et me laissa pénétrer que son intention était de poursuivre criminellement
le ravisseur de sa fille. Nouvelles re-
présentations de ma part, mais aussi
inutiles ; il me fit sentir que mon zèle
lui déplaisait ; je me retirai, et je ne
fus plus le voir, me contentant de faire
demander des nouvelles de Charles.
Désolé d'avoir contribué à perdre Lady

Nanine dans l'esprit de son père ; hon-
teux du personnage que j'avais joué
dans toute cette affaire , je cherchais
quelques moyens pour réparer mes
torts : un seul était en mon pouvoir.
Je fis prévenir Milord Manchester que ,
s'il ne se désistait de sa poursuite sur
le combat , j'allais l'y forcer ; qu'il
m'en coûtait de lui déplaire , mais que
l'honneur me dictait cette démarche.
Il me fit dire qu'il ne s'opposerait jamais à un sentiment si louable , et
qu'il eût desiré que Sidney eût pu être
justifié de même sur l'enlèvement. Je
vous avoue , Miss , continua Halifaix ,
qu'une réponse aussi favorable m'é-
tonna beaucoup , et me fit espérer
qu'on pourrait le ramener sur le compte
de sa fille , en lui dévoilant ce qui s'é-
tait passé , et lui prouvant que c'était
sans doute la connaissance que Lady
Nanine avait eue de mes projets , qui

Tom. III.   E

l'avait forcée à fuir. Ravi de pouvoir la
justifier, il m'en coûtait peu de m'accuser moi-même : mon intention était d'é-
pargner Charles, et de me faire seul
coupable. En conséquence je vole à l'hôtel, je trouve Charles bien mieux; j'en
profite pour lui montrer mes remords.
Il ne me laisse pas achever, me dit
mille extravagances, et me force à le
quitter, sans avoir pu en être écouté.
Son père me fit dire que m'ayant ré-
pondu selon mes desirs, il n'avait plus
rien à démêler avec moi ; que je cessasse donc de l'importuner, sans quoi
je le forcerais à donner des ordres à sa
porte. Il n'eut pas cette peine, je ne
les revis plus.

J'avais satisfait à l'honneur, en faisant aux juges ma déposition : mais il
manquait à ma tranquillité de connaître si Lady Nanine était en sûreté;
n'ayant pu en rien apprendre dans

Londres, je le quittai pour étendre mes recherches. Mon seul desir, si j'eusse réussi, était de la conduire en France, où je savais que Sir Sidney avait passé. Voyant que j'étais malheureux dans tout ce que j'entreprenais pour la servir, je renonçai à mes courses, et revins dans la capitale. Ce fut à mon retour, qu'on m'apprit le départ du Lord Hamilton, pour, disait-on, ramener son ami, ou voyager avec lui. Ah! me dis-je, il n'aura pas abandonné l'Angleterre, sans savoir le sort de Lady Manchester. Il est même probable qu'il l'emmène avec lui. Cette idée me rendit la tranquillité; je repris mes anciennes habitudes et mon genre de vie ordinaire. Mais il n'eut plus d'attraits pour moi; Nanine avait laisssé un vuide dans mon cœur que rien ne remplissait : las de Londres, de la vie tumultueuse qu'on y

mène, je pris le parti de revenir dans
ma famille, de me remettre à la tête
de mes affaires, de sauver, par mon
économie, les restes d'un bien folle-
ment dissipé, et d'y attendre que ma
bonne fortune m'y fît trouver une autre
Nanine, pour en faire ma compagne
chérie.....

— Y a-t-il long-temps que vous êtes
dans ce pays, lui dis-je ? — Non,
Miss, six semaines tout au plus. Et
vous, quel heureux hasard vous a conduite dans cette capitale? puis-je me
flatter que votre sincérité égalera la
mienne ? — Je n'ai aucune raison de
me taire, Monsieur, et c'est avec plaisir que je satisferai votre curiosité.

Effectivement je lui dis tout ce qu'il
ignorait, ne lui cachant pas même ma
méfiance sur lui, laquelle méfiance était
devenue certitude, d'après le rapport
de Thomi, et enfin les détails de notre

fuite, en lui répétant tout ce que j'avais concerté avec Pathi. Je m'étendis sur l'ennui que j'éprouvais de votre perte. Ah ! je vous crois, Miss, me dit-il en m'interrompant ; il est cruel, quand on a vécu près d'elle, d'en être séparé ! mais ne reviendra-t-elle pas dans sa patrie ? — Monsieur, si Nanine ne m'eût fait cette promesse, croyez-vous que j'eusse cédé aux instances de ma tante, quelque vives qu'elles fussent ?

Comme j'avais satisfait à toutes ses questions, je me levai pour lui faire sentir qu'il devait se retirer. — Quoi, Miss !.... vous voulez donc déjà me bannir de votre présence ? présumez-vous que je me retire sans être instruit de votre demeure et du nom de votre tante ? — Quel intérêt, Monsieur, peut à présent faire agir votre curiosité ? n'est-ce pas assez, d'après vos anciens procédés, d'avoir consenti à vous voir

E 3

et à vous écouter? Oui, Miss, je le vois, reprit-il d'un ton peiné, c'est beaucoup pour vous ; mais ce n'est pas assez pour un homme pénétré de ses torts, qui veut aussi vous prouver que son changement est réel, que... — Je vous crois, lui dis-je en l'interrompant à mon tour, et je ne desire pas en avoir d'autres preuves, que l'assurance que vous m'en donnez ; ainsi séparons-nous. — Ah ! Miss..... — Il est inutile, lui dis-je, de me presser sur une chose que je ne veux plus accorder. « Je dois céder, cruelle Anna, me dit-il en se levant. » Je le reconduisis jusqu'à la porte de la maison, ne voulant pas lui laisser la liberté de questionner ni Madame Harisse, ni Pathi.

Je me félicitais de m'en être débarrassée aussi heureusement, et ne m'occupais plus qu'à finir promptement mes emplettes. Mon hôtesse avait eu la

complaisance de vendre nos ouvrages ;
j'en avais reçu l'argent, et j'espérais
que deux jours suffiraient pour achever mes achats. Je priais en conséquence Madame Harisse de me retenir
deux chevaux et un conducteur, ce
qu'elle fit le jour même. La veille de
notre départ, j'envoie Pathi prévenir
de l'heure où nous desirons partir ; à
son retour, elle me fait signe qu'elle
veut me parler ; je trouve un prétexte
et je la suis dans ma chambre. Miss, me
dit-elle avec émotion, il faut différer
votre retour ; n'ai-je pas trouvé ce Lord
chez l'homme qui doit nous conduire ?
Cette rencontre m'a fait concevoir des
soupçons que je crois d'autant mieux
fondés qu'ils m'ont paru déconcertés
en me voyant. J'ai feint de ne pas reconnaître le Monsieur qui était là , et
m'adressant au conducteur , je lui
dis : Miss ne peut partir demain ; elle

vous fera prévenir du jour. Oh! que
cela ne s'arrange pas ainsi , s'écria cet
homme, en feignant une grande colère ; il faut partir , entendez-vous ?
ou bien me dédommager de la perte
que je vais faire , si je ne vous conduis
pas : voyez, à quoi voulez-vous vous
décider ? Je lui ai dit, continua Pathi,
que j'allais revenir apporter une réponse de ma maîtresse. — Ah ! courez
vite lui donner son argent, ma chère
Pathi , m'écriai-je ; ce qui m'embarrasse le plus , c'est ce que je dois dire
à notre hôtesse , pour prolonger mon
séjour.... — Il ne faut pas tant de façon , me dit notre jeune gouvernante ;
c'est elle , je le gagerais , qui nous met
dans cet embarras ; car qui pouvait
prévenir le Lord de votre départ, si ce
n'est elle ?.... Allez , Miss , croyez-
moi , ne la ménagez pas.

La réflexion de Pathi me paraissant

juste, je retournai auprès de Madame
Harisse, et lui témoignai mon mécon-
tentement avec cette vivacité que vous
me connaissez. —Hé! ma chère Miss!
me dit-elle, de grace, calmez-vous; je
vous jure n'avoir point dit à ce Monsieur que vous partiez, au moins je ne
me le rappelle pas. — Mais où l'avez-
vous vu? où lui avez-vous parlé? repris-je avec une impatience dont je fus
fâchée après. —Je l'ai rencontré avant
hier en allant retenir des chevaux.
Après m'avoir abordée très-poliment,
il me demanda de vos nouvelles; je
lui en donnai, et continuai mon chemin; il faut donc qu'il m'ait suivi sans
que je m'en apperçusse; car voilà, en
vérité, Miss, comme la chose s'est
passée. —Je m'en doutais, Madame,
et je me persuade même que vous ne
voudriez pas désobliger ni ma tante ni
moi, en favorisant un homme que nous

ne voulo* pas revoir. Donnez-moi aussi
les moyens de retourner dans ma retraite sans qu'il en soit averti, et je
vous aurai la plus grande obligation.
— Je m'en occuperai, me dit-elle ;
reposez-vous sur moi de ce soin, et
soyez sans inquiétude dans ma maison.

Une semaine se passa sans qu'elle
pût effectuer sa promesse. Ne pouvant
faire un pas sans rencontrer Halifaix,
je cessai de sortir, n'ayant que ce parti
à prendre pour l'éviter ; car il eut au
moins la délicatesse de ne se plus présenter à la maison après notre entretien. Enfin, Madame Harisse m'apprend qu'elle a trouvé une voiture qui
doit conduire le lendemain deux Dames
jusqu'à l'Hermitage ; J'ai pensé, ajouta-
t-elle, que de-là vous pourriez faire
prévenir chez vous, qu'on vous envoyât
chercher, et j'ai retenu les deux autres
places pour vous. Dans l'excès de ma

joie, je l'embrassai et lui demandai si nous partirions de bonne heure ?—Dès qu'il fera jour, la voiture sera à ma porte. « Mes-paquets furent bientôt préparés ; j'étais levée avant le jour, tant j'avais d'impatience de partir. En prenant congé de mon hôtesse, je lui recommandai encore le secret sur le lieu que j'habitais ; elle me le promit, et nous partîmes. »

Nous arrivâmes à l'Hermitage, sans rencontre ni accident fâcheux. Mes compagnes de voyage me retinrent à coucher, et aujourd'hui nous nous sommes mises en route, Pathi et moi, avec deux chevaux qu'elles nous ont procurés.

Voilà, mes chères amies, leur dit-elle en riant, les voyages et aventures de votre Anna ; j'espère qu'à présent elle est excusée. —Non pas avec moi, lui dit Nanine, je ne peux te pardon-

ner tous tes mensonges au Lord Halifaix. — Ma faute est réparable , reprit Anna ; je vais lui écrire pour lui en
faire mes excuses. — Que tu es folle!
— Mais comment aurais-je fait pour
vous en débarrasser ?—Eh! croyez-vous
l'être ? lui dit à son tour Madame Nelton , j'ai bien peur que Madame Harisse ne lui donne toutes les lumières
qui sont en son pouvoir , si même elle
ne l'a déjà fait. — Vous pensez, bonne
maman, repritAnna, qu'elle me joue-
rait ce tour?—Cela ne me surprendrait
pas , sur-tout si elle s'est mise dans la
tête que le Lord est amoureux de vous ;
je la connais, elle croira vous rendre
service en l'instruisant de tout ce qui
vous touche. Je gagerais qu'elle le voit
déjà votre époux , et comme elle a
la manie de faire des mariages, celui-
ci lui ferait un honneur dont elle ne
cesserait de parler parmi ses connais-

sances ; je crois, d'après son caractère, que nous devons nous attendre à la voir arriver quelques jours avec le Lord ; si c'est vous, comme je le présume assez, que ses démarches regardent. — Ah ! s'écria Nanine, s'il était plus sincère avec Anna qu'il ne le fut avec moi, je serais enchantée que les projets de votre amie pussent réussir. — Quoi ! lui dit Anna en rougissant extrêmement, tu pourrais desirer une pareille union ? — Oui, s'il est vraiment ce qu'il promet d'être ; je ne peux te trouver un époux qui te convienne mieux et qui soit plus aimable. — Ma chère, avez-vous déjà oublié, que c'est Nanine qui fixa son cœur ? — Une autre moi-même pourra encore le toucher ; à peine t'avait-il vue à Manchester, et cependant je crois, d'après ce que tu nous as dit, que s'il ne m'est pas infidèle, il ne tarderait pas à l'être s'il

te revoyait; et toi-même, si tu veux
être sincère, tu avoueras que tu l'as vu
d'un œil plus favorable à Edimbourg
qu'à Manchester. Nanine souriait en
disant cela à son amie; mais Anna en
fut déconcertée; elle crut, en voyant
son amie la regarder d'un air malicieux,
avoir laissé pénétrer des sentimens
qu'elle-même ne voulait pas s'avouer;
ne trouvant pas de réponse qui la sa-
tisfît, elle garda le silence. Nanine,
qui vit son embarras, et qui craignit
de lui avoir fait de la peine, changea
bien vîte de conversation.

Le temps s'écoulait, et le frère de
Mistriss Nelton n'apprenait rien sur
le retour de Sidney; il écrivait de temps
en temps à Nanine; par sa dernière
lettre, il lui marquait qu'il allait faire
un nouveau voyage à Londres pour
voir son neveu, de qui il ne pouvait
plus avoir de nouvelles, parce que les

personnes qu'il avait chargées de fournir à tous ses besoins , ne pouvaient plus le faire, ignorant la prison où on l'avait depuis peu transféré , qu'il espérait avoir plus de pouvoir que des étrangers , et qu'à son retour il viendrait la voir.

Lady Manchester avait déjà passé une année en Écosse ; on peut présumer qu'elle lui parut longue , malgré l'espoir dont on la flattait toujours , et qu'elle - même embrassait avec joie. Elle était devenue moins timide , et se hasardait quelquefois à faire de petits voyages dans les environs ; et même, sans la crainte d'y rencontrer Halifaix, elle eût accompagné Mistriss Nelton , que des affaires conduisaient à Edimbourg. Elle ne fut pas la seule qui desira faire ce voyage ; Anna , long-temps insensible , avait cessé de l'être, depuis qu'elle avait revu le lord

Halifaix ; la violence qu'elle se faisait
pour détruire ses sentimens, et pour
en dérober la connaissance à ses amies,
ne faisait que les rendre plus vifs. Nanine les avait pénétrés ; mais voyant
que son amie voulait les renfermer
dans son cœur, elle ne chercha point
à lui arracher son secret, elle évitait
même de lui parler du Lord, croyant
la servir en ne le rappelant jamais à
son souvenir ; elles gardèrent donc la
maison pendant l'absence de Mistriss
Nelton.

Cette Dame, à son retour, leur an-
nonça une visite très-prochaine : Et de
qui, bonne maman, lui demanda
Anna avec trouble ? — Devinez ! — Oh !
je ne le peux, reprit-elle en rougissant. — Si vous ne voulez pas la
nommer, cette personne, vous ne
serez du moins pas fâchée de la revoir.
— Ah ! reprit Anna, c'est Madame
Harisse,

Harisse, je gage ? — Autre finesse Miss
lui dit Mistriss Nelton en souriant :
non Miss, non, ce n'est point madame Harisse, mais son protégé, le
mien ; car il faut tout vous dire, et
être plus sincère que vous. — Quoi !
Halifaix, s'écrient en même temps les
deux amies, et c'est vous qui nous
l'amenez ? — Oui, mes chères filles,
oui; mais laissez-moi vous faire tous mes
aveux, afin que ma conduite vous pa-
raisse moins étrange.

Sachez donc, Anna, que peu après
votre retour, je reçus une lettre de
madame Harisse. Voici ce qu'elle me
marquait : « — Je suis obsédée par un
lord, qui, ayant vu votre nièce chez
moi, ne cesse depuis ce temps de me
tourmenter pour avoir votre adresse.
Il m'assure que ses intentions sont
pures, et qu'il ne desire vous écrire
que pour vous les communiquer. J'ai

Tom. III. F

jusqu'à présent résisté à ses prières, parce que Mademoiselle votre nièce ne m'a pas paru dans l'intention de l'accueillir. Je crois pourtant, entre nous soit dit, qu'elle a tort de le rebuter ; il me paraît aussi honnête homme qu'il est aimable. Au surplus, madame, j'attends votre décision, et je vous promets de suivre en tout votre volonté ». Je lui répondis, (continua madame Nelton, après avoir lu la lettre de son amie,) qu'elle avait bien fait de ne pas céder aux importunités du Lord Halifaix. Que je la priais de lui dire que sa conduite passée justifiait nos refus ; que nous le croyions pourtant sincère dans ses vues ; mais que ce changement était trop prompt pour que nous n'eussions pas à craindre qu'il ne se trompât lui-même sur ses propres sentimens. Que peut-être aussi desirait-il apprendre des nouvelles de l'amie de ma nièce, et que c'était un des motifs qui lui faisait souhaiter de nous voir. Qu'alors elle pouvait lui dire que nous n'en avions aucunes, que si par la suite il nous en parvenait, je me ferais un plaisir de l'en instruire ». Vous voyez, ma chère Anna, continua-t-elle, que j'ai secondé vos mensonges, et je ne pouvais faire autrement alors. Si je ne vous ai pas fait part de cette lettre, ne m'en sachez pas mauvais gré, je voulais vous épargner, à l'une et à l'autre, des inquiétudes que son obstination n'aurait pas manqué de vous causer. Quelque temps après je reçus une autre lettre de madame Harisse, dans laquelle je trouvais un billet cacheté, il était d'Halifaix ; il me demandait en grace de le recevoir au moins une fois, me promettant de ne plus m'importuner, si d'après cet entretien je re-

jetais ses offres. Nanine interrompit
dans ce moment Mistriss Nelton , et
lui dit : « Il me paraît que votre amie
ne peut lui refuser ses bons offices ? —
Tenez , ma chère Miss , lui répondit
Mistriss Nelton , voilà sa lettre , vous
en pouvez juger. Nanine la prit et la
lut : « Ma chère Mistriss , je ne sais
comment m'excuser auprès de vous sur
ma faiblesse , voudrez-vous croire que
je n'ai pu résister à ses instances ? en
vérité , cela est pourtant , et si vous le
connaissiez , je gagerais que vous éprou-
veriez pour lui autant d'amitié qu'il
m'en inspire. Il vient de m'assurer que
c'était votre nièce qu'il desirait voir ,
et non cette amie dont vous me parliez;
il m'a tant sollicité , pour vous faire
passer une lettre , que j'ai enfin cédé :
voyez ce qu'il vous écrit , pour moi je
l'ignore , et cependant je me persuade
que vous serez touchée. Je n'ai point

de leçon à vous faire ; mais si j'avais
une fille , ou une nièce , qui eût eu le
bonheur de plaire à un Lord, et à un
Lord comme celui-ci , loin de le rebuter comme vous faites , je crois que
j'en deviendrais folle de joie. Encore
une fois , Madame , faites plus d'une
réflexion à ce que je vous écris ; Mademoiselle votre nièce est si aimable ,
que je voudrais de tout mon cœur pouvoir contribuer à un mariage aussi
avantageux pour elle. »

Ah ! Mistriss , s'écria Anna , votre
amie est déjà folle !... peut-elle s'imagi-
ner qu'Halifaix m'aime, et sur-tout qu'il
veuille m'épouser? — En seriez-vous fâchée, Miss?... — Mais, bonne maman,
Nanine sait bien que je ne dois pas le
desirer. — Pardonnez , il n'est point
ici question de ce que pense Lady ;
c'est votre sentiment , et non celui de
votre amie que je voulais connaître, je

sais d'avance qu'elle m'approuvera ;
mais vous, Anna, vous, que nous ai-
mons si tendrement, pourquoi celle
dissimulation avec vos amies ? pourquoi persévérer à nous faire un secret
de ce que nous avons pénétré sans
peine? — Quoi! maman, vous croyez,
lui dit **Anna** d'un air confus... — (
vous aimez Halifax, reprit Mistriss ;
tout me l'a prouvé. D'abord le changement de votre humeur, cet ennui
sombre qui vous dévore depuis votre
voyage à Édimbourg, et encore plus
la feinte gaîté que vous empruntez
depuis peu pour mieux nous en imposer ; toutes ces choses réunies m'ont
prouvé, dis-je, que votre cœur n'était
plus à vous. Si je vous en parle aujourd'hui aussi librement, ma chère
Anna, c'est parce que je suis sûre
d'avoir, par mes démarches, contribué
à vous faire un sort heureux. Ne crai-

gnez pas de vous livrer à un penchant dont vous n'avez plus à rougir ; Halifaix peut prétendre à votre estime , comme à votre tendresse. — Oh ! ciel est-il bien vrai ?... Chère , très - chère Mistriss , ne me trompez pas , je vous en conjure. — Mon Anna, lui dit Lady Manchester , malgré l'ignorance où je suis de ce que notre bonne maman a fait pendant son séjour dans la capitale , je jurerais bien que tout ce qu'elle te dit est vrai ; car elle est incapable de se faire un jeu de tromper.

Vous avez bien raison , Miss , reprit Mistriss Nelton , et je vais convaincre notre incrédule , en reprenant mon récit. « Je jetai de côté la lettre de Madame Harisse , pour relire celle du Lord ; l'idée me vint alors de le mettre à l'épreuve , ayant déjà pénétré qu'il ne vous était pas indifférent , je lui répondis en conséquence : « Que je ne

pouvais l'admettre chez moi avant de
l'avoir vu en particulier , que j'étais
disposée à répondre à ses instances , et
à l'honneur de sa recherche , en lui
accordant une entrevue ; que j'espérais cependant , qu'il ne s'offenserait
pas que je la remisse jusqu'au moment
où la saison devenue moins rigoureuse,
me permettrait de faire le voyage
d'Edimbourg. Je lui fis passer ma réponse sous l'enveloppe de Madame
Harisse. »

Comme je voulais , avant de faire
ce voyage , connaître plus particulièrement le Lord , je me confiai à un
avocat de la capitale , ancien ami de
mon mari ; c'est un homme aimable ,
très-riche , et qui est répandu dans les
meilleures sociétés. Je le priai de me
donner des détails sur la conduite du
Lord Halifaix , il le fit avec toute
l'exactitude que j'avais espérée de lui ;

ses lettres me prouvèrent que le Lord
ne nous en imposait pas , et qu'il était
vraiment changé. Dès les premiers
beaux jours , le Lord Halifaix m'écrivit pour me rappeler ma promesse ;
j'avais alors autant d'empressement
que lui pour cette entrevue , et je
le fis prévenir de ma prochaine arrivée par Madame Harisse. Il ne me
sut pas plutôt à Édimbourg , qu'il
m'envoya faire ses civilités , et le lendemain il vint lui-même. « Je vous
avoue, mes amies, que son extérieur
me prévint avantageusement; et que je
ne fus plus étonnée qu'il eût tourné la
tête à Madame Harisse ». — Et la
mienne, ajouta Anna ; c'est par ménagement que vous ne nommez qu'elle?
— Ne m'avait-il pas aussi séduite, reprit Lady Manchester; mais laissons-là
ses séductions , et n'interrompons pas
notre bonne maman davantage.

Tome III.

Je vous disais que la tête de Madame
Harisse en était tournée, et c'est à la
lettre; elle ne tarit point sur ses louan-
ges, et même elle l'en accable au point
qu'il en est excédé. Nous ne pûmes
nous parler ce jour-là, parce qu'elle
ne nous quitta qu'un instant; Halifaix,
l'entendant remonter, me dit qu'il ne
pouvait s'expliquer devant elle, qu'il
me priait de lui indiquer un autre lieu
pour nous entretenir de ce qui l'inté-
ressait. Je n'eus pas le temps de lui
répondre; il se retirait après une demi-
heure de visite, incertain du moment
où il pourrait m'ouvrir son cœur; je
m'apperçus de son inquiétude, et je la
calmai, en lui disant que je lui écrirais.

Mon amie fut fort surprise de la
briéveté de sa visite. Je ne sais, me
dit-elle, mais je crois qu'il se refroidit;
à peine si je le vois depuis quelque
temps; il avait autrefois tant d'envie

de vous voir , de vous parler , et il s'en
va sans vous avoir rien dit. C'est par
honnêteté , lui dis-je , qu'il s'est abs-
tenu d'entrer en matière dans une première entrevue. Je veux le croire , me
répondit-elle , en secouant la tête ;
nous verrons qui de nous deux aura
raison. Ma chère Mistriss , ajouta-t-elle
sur-le-champ , j'ai bien des excuses
à vous faire ; car je ne peux me dis-
penser d'une visite , et.... J'ai aussi à
sortir , lui dis-je , ainsi ne nous gênons
pas.

Je fus chez cet ami dont je vous ai
parlé ; je lui fis part du sujet de mon
voyage , en lui demandant son sentiment sur les offres du Lord Halifax
pour vous. Il me répondit que si c'était
un faible parti du côté de la fortune ;
vous en seriez bien dédommagée par
les bonnes qualités qu'il lui connaissait ;
il ajouta : Quel que soit le mérite de

cette demoiselle, devait-elle s'attendre
à trouver une alliance aussi honorable?
Non, sans doute; et puisqu'elle y
trouve tant d'avantages réunis, croyez-
moi, Madame, acceptez sa proposition.
Je lui dis mon embarras sur les moyens
d'entretenir le Lord secrètement. — Je
vous offre ma maison, reprit-il vivement; je suis lié avec toute sa famille;
une invitation de ma part ne l'offensera pas; ainsi, venez demain déjeûner
avec lui, je vais le faire prévenir. J'acceptai avec joie, et le lendemain je
trouvai Halifaix au rendez-vous. Dès
que nous eûmes déjeûné, on nous laissa
libres.

Je dois vous rendre compte de notre
conversation; il me répéta ce qu'il
m'avait écrit, et me fit comme à vous,
l'aveu de sa conduite passée. Vous
voyez, Madame, me dit-il, que j'ai
fait bien des folies; je conviens que cela

doit effrayer Miss Anna; mais si elle connaissait quelle révolution s'est opérée dans mon cœur et dans mes idées, elle en serait rassurée ; il est vrai que ce n'est pas elle qui l'a fait naître; c'est son amie , c'est Nanine qui m'a fait connaître le véritable amour , le seul qui puisse faire le charme de la vie, parce qu'il n'entraîne point le remords après lui. Voilà pourquoi , après avoir perdu l'espoir de l'obtenir de son père ; je n'en persistai pas moins dans mes projets de l'unir à mon sort. Mon amour me persuadait qu'elle ne pourrait être insensible à mes soins, à ma tendresse; j'aimais pour la première fois de ma vie, et je ne pouvais plus être heureux qu'en obtenant du retour. La fuite de Lady Manchester , en détruisant la douce illusion dont je m'étais flatté , me fit connaître à quel point elle aimait mon rival , puisqu'elle ris-

quait tout pour me fuir et se conserver à lui. Je cessai d'en occuper mon
cœur, ou du moins je le tentai ; la générosité et le malheur de mon rival
achevèrent ma guérison ; mais mon
cœur ne pouvait plus rester oisif. En
vain je cherchais un objet qui pût le
remplir aussi agréablement que Lady
Nanine ; il n'y avait que son amie qui
dût la remplacer ; je le sentis en la re-
voyant : n'a-t-elle pas comme Nanine,
me dis-je, beauté, talens et vertus?
Ah ! je serai le plus heureux des hommes, si elle ne dédaigne pas un cœur,
qui, pour ne lui avoir pas rendu le
premier hommage, n'en sera pas moins
tendre ; et cela est si vrai, Madame,
que je n'eusse jamais aimé une autre
femme que Lady Manchester, si Anna
n'eut point existé. Permettez donc que
je lui rende quelques visites, et laissez-
moi l'espoir que vous ne vous oppose-

rez pas aux progrès que je pourrai faire sur son cœur.

Monsieur, lui dis-je, je suis si persuadée de votre franchise que je serais coupable de vous tromper plus long-temps; et même, si je vous ai laissé dans l'erreur jusqu'à ce moment, croyez que l'intérêt de deux personnes qui me sont également chères, a pu seul m'y déterminer : dussiez-vous même en changer de résolution, il faut tout vous avouer ; cependant vous venez de m'inspirer trop d'estime pour abuser de la confidence que je vais vous faire. — Ah ! Madame ! me dit-il, parlez sans crainte ; je justifierai votre bonne opinion. Alors ma chère Anna , je lui révélai ce que la prudence vous avait forcé de lui cacher. « Aimable Nanine ! s'écria-t-il alors ! quoi, toujours malheureuse !... Ah ! Madame, cette connaissance aggrave mes torts : j'ai contribué à les

G 4

séparer ; je dois les réunir ; j'irai chercher Sidney : leur bonheur augmentera
le mien ; car je suis plus que jamais
déterminé à offrir mon cœur et ma
main à Miss Anna ; elle seule fait tout
mon espoir. Vous, Madame, qui avez
eu la générosité d'accueillir ces deux
infortunées , mettez - moi , je vous
prie, en état de leur être utile. » Je lui
promis de vous faire part à l'une et à
l'autre des offres qu'il vous faisait. Lui
ayant dit aussi que rien ne me rete-
nait plus à Edimbourg , il m'offrit sa
voiture pour me ramener ; je la refu-
sai , lui faisant observer que par rapport à Lady Manchester, nous devions
agir avec circonspection. Vous avez
raison , Madame, me dit-il; j'appor-
terai de mon côté la plus grande réserve
dans mes démarches , afin que le secret
reste entre nous ; je vous conseille
même de vous défier de votre amie :

je me rendrai chez vous facilement ; je
suis peu sédentaire , et mes sœurs,
chez lesquelles je suis , sont habituées
à mes absences. Je peux vous avouer
à présent que dès que j'eus formé le
projet de plaire à Miss Anna, je parcourus tous les lieux où je pouvais espérer de la retrouver. Comme chaque
voyage était sans succès , je courais de
nouveau presser et conjurer votre amie.
Cette cruelle femme se faisait, je crois,
un plaisir de me désoler, en m'assurant
qu'elle n'aurait point d'égards à vos dé-
fenses , si elle n'avait la certitude de
l'indifférence de Miss Anna pour moi.
Je n'en persistais pas moins dans mes
recherches , et peut-être m'ont-elles
conduit près de vous. — Avez-vous parcouru le Lidis-dale, lui dis-je ? — Quoi!
vous habitez ce comté ! Je vous avoue,
Madame , que je n'aurais pas été vous
chercher aux frontières de l'Angle-

terre , et que j'ai même besoin de voir
votre maison pour me persuader que
Lady Manchester ait pu y être en
sûreté.

Avant de nous séparer , je lui donnai
sa route , afin qu'il ne fût pas obligé
de se faire conduire dans nos montagnes ; je l'ai laissé très-satisfait , et je
ne doute pas qu'il ne me suive de près.

Voyez à présent , mes chères filles ,
si je n'ai pas passé les pouvoirs que me
donnait mon amitié pour vous? Si vous
ne jugez que l'intention , je suis sûre
d'être excusée. ....

Tu ne dis rien , Anna , lui dit Nanine ; pourquoi cette tristesse ? — Ah !
chère amie , pardonnez ; mais..... je
crains..... — Je vous entends , reprit
Mistriss Nelton , en souriant; il y a un
instant, vous vouliez encore nous persuader de votre indifférence ; et à présent vous tremblez que votre amie ne

reprenre un cœur que vous voulez pos-
séder seule..... Calmez vos craintes;
j'ai étudié votre amant de manière à
m'assurer qu'il n'a plus pour Lady
Manchester que la tendre amitié qu'elle
est en droit d'attendre de tous ceux
qui la connaîtront. « Ah! que vous me
rassurez, bonne maman ! je peux vous
dire à présent que jamais votre Anna
ne fut si heureuse que dans ce moment. »

On se persuadera aisément qu'elle
ne fut pas fort calme le reste du jour;
elle avoua même à Nanine, le lendemain, qu'elle avait peu dormi, et s'était
répété cent fois tout ce que la bonne
maman lui avait dit; elle ajouta : Crois-
tu qu'il vienne aujourd'hui ? — Cela ne
me paraîtrait pas impossible; je pense
même que tu feras bien de te préparer
à cette visite, afin de ne pas lui laisser
pénétrer ton secret. — Et c'est là ce qui

m'embarrasse ; il sait que je suis prévenue de ses sentimens , et sans doute
il s'appercevra des miens sans peine. Je
sens qu'il faut dissimuler... Si je consul-
tais Mistriss Nelton? —Tu feras bien. »
Anna court chez la bonne maman, et revient un moment après avec un visage
riant. — Eh bien!.... Eh bien, je dois
le recevoir avec aisance, lui laisser voir
que mon cœur est sensible à ses procédés, et sur-tout ne point lui montrer de
défiance sur la promptitude de son
changement. « Croyez-moi , ma fille,
m'a-t-elle dit ensuite, votre franchise ne
pourra qu'ajouter à ses sentimens, et
augmenter son estime. »

Je t'assure , Nanine , que les conseils de notre amie s'accordent avec
mon caractère, j'eusse été très-embar-
rassée de sa visite , à présent, je sens
que je le verrai avec plaisir , et que...
Elle fut interrompue par Pathi. —

Miss ,-Madame vous prie de descendre ». Les deux amies se regardèrent
en souriant ; Pathi ajouta : Je ne sais ,
Miss Anna , si vous allez être bien
contente : car je vous préviens que
c'est ce Monsieur,... — Je le sais, reprit
Anna , dites à Mistriss que nous vous
suivons. »

Il y eut encore quelques difficultés
entre les deux amies ; Nanine ne voulait pas paraître d'abord , pour laisser
à Halifaix la liberté de s'ouvrir à son
amie ; mais celle-ci , après avoir donné
un coup-d'œil à la glace , la prit sous
le bras, et l'entraîna malgré elle.

Anna avait intérieurement quelques
craintes sur les anciens sentimens d'Halifaix ; mais elle fut bientôt convaincue
que son amie ne serait point un obs-
tacle à son bonheur ; car , lorsque les
yeux du Lord se portaient sur Lady
Manchester, on n'y remarquait qu'une

tendre pitié; dès qu'Anna parlait, toute
son attention se tournait sur elle, et
sa physionomie s'animant alors, laissait
voir le plaisir qu'il avait à l'entendre,
et tout l'amour qu'elle lui inspirait. Il
ne put s'excuser auprès de Nanine,
sans lui rappeler des souvenirs affli-
geans; elle en fut attendrie, et demanda la liberté de se retirer.

Halifaix oubliait les heures près
d'Anna, ne pouvant se déterminer à
s'en séparer si promptement. Il lui demanda et obtint son agrément pour
rester quelques jours au hameau le
plus prochain, afin de pouvoir passer
quelques heures avec elle pendant le
séjour qu'il y ferait; mais il abusa de
la permission, et Mistriss Nelton se
vit forcée de lui faire observer qu'il
les exposait par une si longue absence,
que sa famille pourrait s'en alarmer.

— Je le sens, Madame, lui répon-

dit-il, et je ne demande à Miss Anna,
pour me séparer d'elle, que l'assurance d'une correspondance suivie
entre nous ; car mon intention étant
de me rendre à Londres pour m'in-
former de Sir Sidney, pourrais-je être
si long-temps éloigné de ce que j'aime,
sans en être dédommagé par des lettres ? Ce point fut discuté, Anna trouva
diverses objections que le Lord sut détruire ; elle l'aimait, et promit de répondre exactement. Mistriss Nelton
pria le Lord de passer chez son frère
en allant à Londres ; elle ajouta : J'en
attends des nouvelles, qui peut-être
vous éviteraient d'aller plus loin.

Après avoir donné un prétexte à ses
sœurs sur son nouveau voyage, il prit
la route de Londres, et se détourna
de quelques lieues pour remplir la
promesse qu'il avait faite à Mistriss
Nelton. Le frère de cette dame était

malade quand Halifaix arriva ; il s'an-
nonça comme ami de sa sœur, et des
deux Miss, et lui dit le sujet de son
voyage. Ah ! Monsieur, vous n'en re-
tirerez pas plus de fruit que moi, lui
répondit le malade ; il n'y a pas long-
temps que j'en suis revenu, le peu de
succès de mes démarches a fait mourir
mon beau-frère de chagrin. Pour moi,
retenu par une longue maladie, suite
des fatigues et des peines que j'é-
prouve, je me désespérais de laisser
Lady dans l'inquiétude. Vous voudrez
donc bien lui dire, Monsieur, que le
Lord Hamilton n'est point allé rejoindre son ami, comme on me l'avait
dit, que j'ai appris qu'il était en am-
bassade. Vous lui direz aussi, que Sir
Sidney est à Saint-Domingue, qu'on
peut en avoir des nouvelles, et lui
écrire, en s'adressant à Monsieur P...
banquier à Paris. — Ah ! s'écria Halifaix,

lifaix , voilà tout ce que je voulais savoir ; je vais lui écrire. — Vous allez
lui écrire, reprit le fermier? Ah! dites-
lui , dites-lui de hâter son retour , il
me rendra la vie , s'il me rend mon
pauvre Thomi ; dites aussi à Lady que
je n'ai pu avoir la consolation de le
voir , et que si M. Sidney tarde long-
temps , je crains que mon neveu....
Mais non , non , Monsieur , elle voudrait encore faire des démarches inutiles , ne lui en parlez pas. Halifaix ,
touché de ses larmes , le consola , en
lui promettant de ne pas différer son
retour auprès de Nanine , et que tous
deux presseraient celui de Sidney.

Halifaix revint donc sur ses pas ,
rendre compte de son voyage, et prendre
les ordres de Nanine ; elle ne voulut
jamais consentir qu'il passât lui-même
en France , comme il le voulait absolument ; elle le pria de vouloir bien

seulement lui donner un de ses domestiques , pour y porter sa lettre. Il voulut
écrire aussi ; et ayant fait un paquet
des deux lettres , il retourna chez lui ,
après avoir fait promettre à Mistriss
Nelton , et aux deux Miss , qu'elles
lui chercheraient , dans les environs ,
une maison agréable , qu'il pût acheter
pour se rapprocher d'elles.

Nanine fut la première à presser ses
amies , de s'occuper de la demande
d'Halifaix. Je ne peux être satisfaite ,
leur disait - elle , que nous n'ayons
trouvé ce qu'il desire , il faut qu'à son
premier voyage , nous puissions lui
prouver que sa société nous est agréable. Anna souriait , et embrassait son
amie. La bonne maman leur fit sentir
qu'elle seule devait s'en occuper ; elle
y mit tant de zèle et d'activité , qu'au
bout de huit jours , elle écrivit au Lord
qu'elle croyait avoir trouvé un objet

qui remplissait ses intentions... » C'est un bien de peu de valeur pour le moment ; mais il est susceptible d'augmentation ; la maison, quoique petite, est bien distribuée, vous y pourrez recevoir quelques amis ; elle est située dans un point de vue agréable, un jardin très-joli, une ferme tenant à la maison principale en fait la sûreté : car elle est, comme la mienne, éloignée de toute habitation ; nous ne serons qu'à deux milles les uns des autres, vous pourrez venir nous voir sans craindre de rencontrer des voisins importuns : quelques pauvres villageois occupent seuls la chaîne de montagnes qui nous séparera ».

Cette terre plût infiniment à Halifaix ; il en devint le propriétaire, et il n'attendit même pas que la maison fût entièrement meublée pour venir l'habiter. Il y passa l'été ; ses absences

étaient rares , peu de monde venait le
voir , il ne s'en plaignait pas , ne se
trouvant heureux que près d'Anna, en
qui il découvrait chaque jour de nouveaux charmes ; son aimable enjoue-
ment augmentait le plaisir de sa société. Une seule chose affligeait Halifaix : c'était le refus constant qu'elle
faisait de s'unir à lui tant que Nanine
serait séparée de Sidney ; en vain il
avait fait parler la bonne maman , et
Nanine elle-même , elle avait été iné-
branlable. Ma chère Anna , lui disait-
il , si vous m'aimiez , pourriez-vous
résister à mes prières ?.... Car enfin ,
si nous étions mariés , Lady Manchester trouverait un azyle sûr et con-
venable chez nous , Mistriss Nelton
viendrait aussi passer les hyvers à la
ville , nous serions tous heureux si vous
vouliez. Cédez , mon aimable Anna ;
ne voyez-vous pas que déjà vos mon-

tagnes sont couvertes de neige ? je ne
peux qu'avec peine m'y frayer un chemin pour venir vous voir, bientôt vous ne
pourrez passer le seuil de votre porte ,
tandis qu'à Édimbourg vous trouveriez
des plaisirs et des amis. Mes sœurs ,
devenues les vôtres , auront pour vous
la tendresse que vous méritez.....

— Je vous l'ai déjà dit , Halifaix ;
mais je vois qu'il faut encore vous le répéter : votre bonheur ferait aussi le mien,
puisque ma tendresse égale la vôtre ;
mais ne voyez-vous pas combien mon
amie est triste, malheureuse ? la soli-
tude lui convient plus que le grand
monde où vous voudriez la replacer ; et
malgré son sincère attachement pour
moi , je suis persuadée que la vue de
mon bonheur serait un tourment secret
que je veux lui épargner. — Ainsi l'a-
mant est sacrifié à l'amie ?.... Ah !
cruelle Anna, pourquoi me forcez-vous

à vous admirer, quand mon cœur murmure de votre sévérité? Il faut donc que je me sépare de vous sans emporter le plus léger espoir ? » Si l'été prochain, reprit Anna, Sidney n'est pas de retour, je vous promets de vous rendre le protecteur de Lady Manchester ; alors je n'aurai plus d'espoir pour elle, et je récompenserai l'amant, du sacrifice que l'amitié nous impose dans ce moment.

Pendant le cours de l'hyver, le Lord ne put venir que rarement ; mais dès que la nouvelle saison eût fait fondre les neiges qui couvraient les routes, il revint habiter sa terre, observant la promesse qu'il avait faite à sa chère Anna, de ne lui plus parler de leur mariage avant l'époque qu'elle avait fixée ; mais il avait exigé que, pour prix de sa soumission, Mistriss Nelton et les deux amies, vinssent quelque-

fois embellir sa retraite par leur présence ; elles y avaient consenti, et depuis quelques mois, elles remplissaient
leur engagement avec exactitude. Il les
ramenait un soir, qu'elles s'étaient arrê-
tées chez lui plus tard qu'à l'ordinaire,
le temps était beau, un doux zéphyre
commençait à raffraîchir l'air, la lune
éclairait leur marche, depuis long-
temps on n'avait eu une si belle soirée.
« Bonne maman, dit Anna, pourquoi
nous renfermer ? nous pourrions prendre le frais encore quelques instans,
nous sommes près de chez nous, et je
n'y vois point d'inconvénient. Vous
pouvez y rester tant qu'il vous plaira,
mes chères Miss, reprit Mistriss Nelton ; mais permettez-moi de rentrer,
j'ai quelques ordres à donner ». Elle
avait à peine fait deux cens pas, lorsqu'elle crut appercevoir un homme
assis sur le banc près de la porte de

sa maison ; elle s'arrêta un instant ;
mais présumant que c'était un des
frères de Pathi , elle continua d'avan-
cer , et vit un inconnu à qui celle-ci
offrait des alimens. Il veut se lever
pour la saluer , sa faiblesse l'en empêche , **Mistriss Nelton** elle-même s'y
oppose , en voyant une personne bien
mise , et d'un air distingué , malgré
la profonde tristesse et la pâleur qui
couvrent sa figure. Elle lui fait des excuses de la manière dont il est reçu ,
et l'engage à entrer dans sa maison.
Je vois , ajoute-t-elle , Monsieur , que
vous êtes égaré , ne refusez pas l'hos-
pitalité que je vous offre , venez....
En disant ces mots , elle lui offre son
bras , et lui aide à se lever. Ah ! Madame.... Madame , lui dit l'inconnu ,
d'une voix extrêmement faible , je vais
vous devoir la vie. Elle le conduit jusqu'au salon , où Pathi lui présente un
fauteuil ,

fauteuil ; il s'y assied en laissant tomber sa tête sur sa poitrine , des soupirs
longs et fréquens lui échappent. —
Monsieur , pardonnez , dit Mistriss
Nelton à l'inconnu , si je me permets
de vous interroger ; mes motifs sont
excusables , je n'ai d'autre desir que
que de vous être utile. Vous me paraissez accablé par des peines secrètes ,
ne pourrais-je les adoucir ?.... Voyant
qu'il gardait le silence , elle continua :
Parlez , Monsieur , ne rougissez pas
de les avouer à une femme qui se fait
un devoir de respecter le malheur.....
Vous vous taisez ? — Madame , il est
des malheurs !..... » Je vous entends ,
Monsieur , vous devez les taire......
N'en parlons plus. Elle appella Pathi,
lui commanda de hâter le souper , et
d'envoyer un de ses frères chercher ses
filles. Vous êtes mère , Madame ? lui
demanda l'inconnu en soupirant : vous

êtes bien heureuse, si vous aimez vos enfans, et sur-tout s'ils vous aiment. Mistriss Nelton ne voyant point d'inconvénient à lui laisser l'erreur où il venait de tomber, lui dit donc : « Cela peut-il être autrement, Monsieur ? je fais leur bonheur, et elles font le mien. » Nouveau soupir de l'inconnu. — Convenons, Monsieur, ajouta-t-elle, que si nous avons des enfans qui oublient ce qu'ils nous doivent, nous ne devons souvent ce malheur qu'à nous-mêmes ; tout dépend de la manière dont nous les élevons, ou de notre conduite avec eux. Tel devient ingrat, qui ne l'eût jamais été sans notre faiblesse, et tel autre nous eût toujours respectés et chéris, s'il eût trouvé en nous les sentimens de la nature... » — Ah! Madame, Madame, épargnez ces réflexions à un malheureux qui peut se les appliquer... Oui, voilà, voilà la source de mes

peines , et des larmes amères que vous
me voyez répandre. » Nanine entre
dans ce moment, salue l'étranger, et va
s'asseoir auprès de la bonne maman ;
mais à peine se sont-ils fixés , qu'un
cri leur échappe , et Nanine est aux
pieds du voyageur , en lui tendant des
bras supplians ». Que vois-je ! s'écrie
l'inconnu... Est-ce toi ?... Est-ce bien
toi , mon enfant , que le ciel rend à
mes vœux ? » Oui , mon père , oui ,
c'est Nanine, qui vous prie de la juger
sans rigueur. Manchester (car c'était
lui-même) la laisse à peine achever , il
la presse dans ses bras, en lui prodiguant
les noms les plus tendres et les plus
vives caresses. Oh ! mon père , s'écrie
Nanine avec joie, mon généreux père ,
quoi, vous me pardonnez !.... Vous
venez vous-même chercher une fille
coupable , vous l'aimez enfin autant
qu'elle vous aime?.... » — Mon amie ,

ma Nanine !.... dis-moi, pourras-tu oublier mon injustice ?... pourras-tu... Il s'arrête, il repousse sa fille, son visage s'enflamme de colère, en reconnaissant Halifaix qui venait souhaiter le bonsoir à Mistriss Nelton. Lui et Anna s'écrient en même temps : Quoi ! Milord Manchester ici ?. « Oui, vous revoyez Manchester, leur dit-il avec dignité ; mais vous ne jouirez pas long-temps de sa présence..... Eh toi ! s'adressant à sa fille, toi, dont je rougis d'être le père, as-tu pensé qu'en te pressant dans mes bras ton infamie me fût connue ?... Devais-tu joindre, ô ciel ! ce nouveau malheur, à ceux dont j'étais déjà accablé ?.... Il retombe sur son siège. Nanine, d'abord muette d'étonnement, se remet et s'approche de lui : Mon père !.... d'où vient ce changement?... Un instant a-t-il pu me fermer votre cœur ? pourquoi ne vois-je plus dans vos traits cette bonté qui me rendait heureuse ? suis-je enfin plus coupable que je ne l'étais il y a un moment ? — Tu oses m'interroger ? Vas, fille cruelle, éloigne-toi de mes yeux : tu demandes quels sont tes crimes ?... N'as-tu pas trahi l'amour et tous tes devoirs ? Eh ! pour qui ?... Ah ! c'est bien à présent que je suis un exemple à citer ; est-il un père plus in-fortuné ?... » —Mon père ! vous pleurez, et c'est moi que vous accusez de vos peines ? moi, qui donnerais ma vie pour assurer le bonheur de vos jours ? Ah ! mon père, mon père, que ne pouvez-vous lire dans mon cœur, dans ce cœur que vous déchirez par des re-proches que je ne peux comprendre, après l'accueil que vous m'avez fait ? faites-moi connaître mes crimes, afin que je me justifie ». Manchester se lève, et la regarde un moment en

I 3

silence , puis reprenant toute sa sévérité : «Je vais vous quitter. —Vous, mon
père!... Ne m'interrompez pas, je vous
le défends... Oui , je vais vous quitter ;
mais en vous fuyant pour toujours , je
veux laisser dans votre cœur et les regrets et les remords les plus vifs et les
mieux mérités. Apprenez que j'étais revenu de mon injuste prévention contre
Sidney , et que , rendant justice à son
mérite, je vous pardonnais secrètement,
je vous croyais unis , et tous mes desirs
étaient de vous revoir , de vous forcer
par ma tendresse à me rendre des
sentimens qui m'eussent consolés dans
mes malheurs. O Dieu ! m'écriai-je
souvent, que je les retrouve un jour ,
que je les presse dans mes bras avant
de mourir , et toutes mes infortunes
seront oubliées.... Je te retrouve ; mais
hélas, ce n'est que pour augmenter
mes douleurs !... Où est Sidney , dis,

qu'est - il devenu ; ta conduite lui est-
elle connue ?... Sait-il que Lady Manchester , autrefois si modeste , si vertueuse , ne rougit pas de vivre avec un
un lâche ravisseur , un homme sans
mœurs , et.... — Arrêtez , mon père
ne calomniez point des êtres vertueux
qui vous respectent et vous aiment.
Ah ! je vois , je vois le bonheur renaître
pour moi , mon père , votre fille est
digne de vous , je vois qu'Halifaix a
causé votre erreur , il n'est point coupable , votre fille aime toujours Sidney ; elle donnerait tout au monde
pour le revoir , sur-tout à présent qu'il
est estimé de son père. » Le feu que
Nanine mettait dans ses paroles , l'ex-
pression de sa physionomie , la joie qui
animait ses regards , rendirent Manchester interdit. Quelle idée ai-je donc
conçue , s'écria-t-il ? Dis-moi , Nanine ,
ton père aurait-il encore une nouvelle

injustice à se reprocher ?... Explique-
moi enfin , pourquoi je trouve le rival
de Sidney auprès de toi , quand lui-
même est absent ?.... Parle. » Nanine
alors fait signe à ses amis de s'éloigner ; ils la laissent seule avec son père.
Reprenant avec lui ce ton que donne
toujours l'innocence , elle lui fit un ta-
bleau succinct et fidèle de sa vie.

Mistriss Nelton , inquiète sur les suites de l'explication , venait de temps en
temps prêter l'oreille à leur conversation. Voyant Milord embrasser sa fille
de nouveau , elle crut pouvoir leur
proposer de passer dans la salle prochaine , où le souper était servi. Nanine prit la main de son père , et le
conduisit dans la salle où il retrouva
Halifaix et Anna ; il leur tendit la
main , en leur demandant pardon de
l'acueil qu'il leur avait fait. » Je sais tout
à présent , ajouta-t-il , et j'emporterai

de vous la plus parfaite estime. —Quoi, Milord ! lui dit Mistriss Nelton, vous parlez déjà de nous quitter ? il faudra donc nous séparer de notre très-chère Nanine ? — Non..... non , Madame, répondit tristement Milord ; non , je n'exigerai point qu'elle me fasse ce sacrifice. — Que dites-vous , mon père , un sacrifice ! peut-il en être un autre pour moi que d'être séparée de vous? Ah ! votre Nanine vous suivra , elle vous suivra par-tout où vos desirs vous conduiront. » Il la regarda avec attendrissement , et pressa ses mains dans les siennes.

Le père et la fille mangèrent peu. Nanine était surprise de voir que son père éludait toujours de répondre aux questions qu'elle lui faisait ; loin de partager la joie que sa présence faisait naître, de fréquens soupirs lui échappaient : elle s'en alarmait ,

sans oser pourtant lui en demander le
sujet ; elle ne pouvait concevoir non
plus pourquoi il était seul : mais elle
pensa qu'il avait apparemment des
raisons pour agir ainsi , et pour ne pas
parler devant ses amis. Tout le monde
gardait le silence , lorsqu'Halifaix crut
distraire agréablement Manchester, en
lui parlant de son fils. « Et Charles !
vous ne nous en parlez pas ? — Ah ! s'é-
cria Milord avec la plus grande agitation, ne me rappelez jamais un ingrat,
un monstre, je vous en supplie. — Mon
frère ingrat ! lui que vous avez toujours
chéri, ah ! mon père , cela se peut-
il ?.... « — Vous ne savez donc pas mes
infortunes ? reprit Manchester avec
étonnement. — Vous , Milord ! vous
dans le malheur , cela serait-il possible ?
s'écrièrent-ils tous. — Il n'est que trop
vrai ! » Ils restèrent tous consternés ,
sans oser lui demander une explication.

Il continua : « Dois-je renouveller mes peines , en vous les faisant connaître ? Manchester abandonné , chassé par son fils , et réduit presque à l'indigence , pourra-t-il encore vous être cher ? Ces larmes que je ne peux retenir, ma fille sera-t-elle assez généreuse pour les essuyer ? enfin, les amis de Nanine voudront-ils être les miens, quand ils connaîtront mes injustices envers elle ? — Mon père ! s'écria Nanine , oh mon père, de grace ne parlez plus de vos torts avec moi ; vous m'avez rendu votre tendresse , et j'ai tout oublié.....

— Ah ! tu ne sais pas toutes mes erreurs, tu ignores que ton père t'a privée de tout son bien , que..... — Votre fortune ! ah ! elle n'est rien à mes yeux, votre amitié me suffit ; voilà , voilà ma richesse , je n'ai rien , non rien à regretter !... Je savais que mon père m'avait tout ôté , je ne l'en respectai pas moins ; il devait punir une fille coupable. — Quoi ! tu savais que tu étais déshéritée, et cependant tu m'as revu avec plaisir ?.... Ma Nanine ! ma fille chérie, tu aggraves mes torts, en augmentant mon estime pour toi ; pourquoi t'ai-je connue trop tard ?.... Fatal aveuglement ! Encore si je pouvais réparer le mal que j'ai fait ! Mais, auteur de toutes tes peines, il ne me reste que le remords de les avoir causées. Nanine, est-il bien vrai que tu m'aimes encore ? — Vos doutes m'affligent, mon père ; quels sermens faut-ils donc faire pour vous rassurer ? Aucun, mon amie ; vas, je te crois, tu es un ange qui me consolera, tes amis deviendront les miens ; vous vous réunirez pour effacer de mon souvenir l'idée des grandeurs, des richesses que j'ai possédées, et que je regrette trop encore dans ce moment où j'en

suis privé pour toujours. Mais remet-
tons à demain le récit que je vous dois ;
j'ai besoin de repos, il y a long-temps
que je ne le trouve plus : sans doute
je le goûterais ici, il m'y attendait ainsi
que la paix et le bonheur. » Il embrassa
sa fille et Anna, tendit la main à Halifaix, en lui disant : Monsieur, vous
me le prouvez par votre exemple ; où
habite la vertu, on doit être heureux.

Madame Nelton remit un flambeau
à Lady, en lui disant de conduire Milord à son appartement. Il les salua
tous avec amitié ; mais ses yeux, en
se portant plus particulièrement sur
Mistriss Nelton, exprimaient autant
de respect que de reconnaissance.

Le Lord se retira aussi, en promettant de venir dîner le lendemain. Nanine revint au bout d'un quart-d'heure.
Oh ! félicitez-moi, s'écria-t-elle en embrassant la bonne maman : ne suis-je

pas la plus heureuse fille , et peut-être
bientôt...... Elle s'arrêta , et soupira.
— Vous reverrez Sidney , reprit vivement Anna , et vous serez aussi la plus
heureuse épouse , n'en doutez pas ,
ma chère ; car , après ce qui vient de
vous arriver , rien ne me surprendra
plus. Il me tarde d'être à demain pour
entendre le récit de Milord : il me paraît inconcevable qu'il soit réduit au
point d'être venu sans un seul domestique , pour vous chercher. — Il ignorait que Lady fût ici , ma chère Miss ,
reprit Madame Nelton ; le hasard nous
a seul servies. Cependant, si vous m'en
croyez , nous suspendrons notre curiosité ; il paraît que ces aveux sont pé-
nibles pour lui ; ayons la délicatesse
de la lui cacher. Nanine l'approuva ,
lui en témoigna sa reconnaissance ; et ,
après l'avoir embrassée , les deux amies
rentrèrent chez elle.

Après le déjeûner , Milord fut le premier à leur rappeler la promesse qu'il leur avait faite la veille. » Je veux, en ne vous déguisant rien, vous mettre à portée de soulager mes peines.

Apprenez donc, ma chère fille, que votre frère et Patrige ont outre-passé les pouvoirs que je leur avais donnés sur vous. Je ne cherche pas à m'excuser à vos yeux , en vous assurant que je n'ai jamais ordonné à ce dernier de vous emprisonner : la seule chose que je lui recommandai fut de vous ôter les moyens d'écrire et de recevoir des lettres. J'ai ignoré les mauvais traitemens qu'ils vous ont fait éprouver , et je n'ai appris votre évasion , qu'au moment où Patrige me présenta Charles baignant dans son sang , et qu'il me dit avoir été assassiné par Sidney, le ravisseur de ma fille. Vous avez su à quelle extrêmité ce rapport porta mon

ressentiment, et vous n'avez que trop
souffert de ses suites!... Cependant,
malgré mon aveuglement, je pardonnai
à Halifax, la déposition qu'il envoya
aux juges.

Patrige me répétait sans cesse que
je ne devais rien ménager, et forcer
Thomi à l'aveu de la complicité de son
maître. Je lui imposai enfin un silence
absolu sur cette affaire. Voyant qu'il
ne pouvait m'ébranler, il attendit le
rétablissement de Charles; et j'ai appris depuis que, de concert avec mon
fils, il employa tour-à-tour contre
Thomi les promesses les plus brillantes,
et les menaces d'une mort prochaine
et ignominieuse pour en obtenir la vérité; ce jeune homme fut inébranla-
ble, et persista dans sa première déposition. Mon fils, en me rapportant
ce fait, m'en parut outré. Eh quoi!
lui dis-je, pouvons-nous croire que ce
malheureux

malheureux jeune homme veuille se
sacrifier pour sauver son maître ? Non,
tant de persévérance me prouve que
Sidney est innocent. « Lui !..... lui,
innocent, ah ! mon père, s'il l'était, si
ma sœur et lui n'étaient pas ensemble,
pourquoi Thomi craindrait-il de nous
révéler le lieu où il l'a conduite ? elle-
même ne se ferait-elle pas un devoir
de sauver son amant, en nous prouvant qu'il ignorait ce qu'elle était devenue ? — Quelques difficultés que
je trouve à m'expliquer tout ceci, lui
dis-je, je n'en admire pas moins la générosité de Thomi ; que ce soit intérêt
pour ma fille ou pour Sidney, peu
m'importe, je dois arrêter la procédure ; j'aime mieux ne pas être vengé
d'un coupable, que de m'exposer à
faire périr un innocent. Charles, approuva ma façon de penser ; il donna
même des marques d'attendrissement,

qui me firent croire que son cœur était
susceptible de pitié : j'en éprouvai une
joie que je ne dissimulai pas , et l'em-
menant avec moi, nous nous rendîmes
chez les juges. Ce fut vainement que
je demandai la liberté du pauvre Thomi , je ne pus l'obtenir : ils m'allè-
guèrent que la procédure était trop
avancée , et qu'il n'était plus en leur
pouvoir d'en arrêter le cours ; que tout
ce qu'ils pourraient faire , sans se com-
promettre , serait de lui sauver la vie.
« Vous savez le reste, ma fille. » Pour
moi, croyant avoir assez fait , je n'in-
sistai plus ; je rentrai chez moi , et
perdis le souvenir de Thomi.

Peu après, je tombai malade ; les
diverses agitations que j'avais éprou-
vées, les veilles que j'avais faites auprès
de Charles, pendant qu'il avait été en
danger ; toutes ces causes réunies rendirent ma maladie longue et dange-

reuse. Charles ne me quittait ni le jour
ni la nuit; souvent je le voyais répandre des larmes. Ah! combien j'en étais
touché! Je cherchais à le consoler, à
le rassurer sur ma situation; il me regardait, et sa tristesse semblait augmenter; j'en fus surpris et j'en conçus
l'idée que ma maladie était plus dan-
gereuse que je ne croyais. Je pris le
parti de m'en éclaircir. « Suis-je donc
en danger, mon cher Charles, lui de-
mandai-je un jour?.... Son silence et
ses sanglots me le prouvèrent; quoique
je me sentisse très-malade, je ne pouvais me le persuader; cependant mon
fils ne pouvait être dans l'erreur; le
médecin, sans doute, le lui avait dit.
Cette idée bouleversa mes sens; je te-
nais à la vie, et je me voyais sur le
point de la perdre. Il n'en fallut pas
davantage pour augmenter la fièvre,
me donner le délire, et me mettre

K 2

vraiment au point qu'il ne restât plus d'espoir. Je fus douze heures dans cet état violent, lorsqu'il diminua ; je repris ma connaissance ; ma faiblesse était extrême. Cependant je distinguai que c'était Patrige, et non mon fils, qui me soignait. « Où est Charles? » — Ah! Milord, votre fils, votre bon et sensible fils n'a pu supporter l'idée de vous perdre ; un mot indiscret échappé au docteur, et que votre état confirmait, l'a fait tomber sans connaissance à nos pieds : nous l'avons transporté chez lui. — O ciel! m'écriai-je, rends-moi mon fils, mon cher fils; mourrai-je sans le revoir ! — Milord, calmez vos craintes, me dit Patrige ; je viens de le voir ; il est mieux, bien mieux ; je lui ai dit que nous avions quelque espoir sur vous : cette nouvelle l'a rendu à la vie ; il va venir vous rassurer lui-même.

Je l'attendis avec la plus vive impatience ; j'étais tellement prévenu pour lui, que lorsqu'il parut, je trouvai qu'il était changé ; mon cœur éprouvait un sentiment si vif que les paroles ne purent le lui exprimer : mes larmes seules attestèrent ma reconnaissance. L'excès de mon attendrissement me fût peut-être devenu funeste, si l'arrivée de mon médecin ne m'eût distrait. Il nous regarda tous avec étonnement, me prit le bras, regarda de nouveau mon fils, et s'écria : « Je ne conçois rien aux changemens subits qu'éprouve le malade. A peine ai-je le temps de concevoir quelque espoir, que tout est changé ; Milord était calme lorsque je l'ai quitté, et le voilà. — Eh, docteur, lui dit Patrige, en l'interrompant brusquement, qu'avez-vous besoin d'effrayer Milord par vos réflexions? ce sont des remèdes qu'il nous faut, et

non des conjectures sur les variations
de la maladie. » Le médecin me parut
prêt à se fâcher : mon fils l'entraîna
loin de moi : après avoir parlé long-
temps ensemble, et avec feu, le docteur sortit précipitamment, en s'écriant
qu'il ne voulait plus se mêler de ma
maladie.

Voyez, me dit Patrige, a-t-on jamais vu un homme plus mal-adroit ?
Doit-on dire ce qu'on pense à son malade ? « Mon père, je ne sais pourquoi,
reprit Charles, vous avez tant de confiance en lui ?.... En vérité, il ne me
paraît pas la mériter, et je vous avoue
que je souhaiterais que vous en prissiez
un autre. » Tout ce que tu voudras,
mon ami ; si tu doutes du talent de
celui-ci, voyons-en un autre. C'était
ce qu'il desirait. Un domestique fut envoyé, sur-le-champ, chez un homme,
dont il me dit que la réputation était

très-étendue , et les cures merveilleu-
ses. Je le crus , et j'attendis avec impatience celui qui devait me rendre
la vie.

Il trouva que tout ce que l'autre
avait ordonné était absolument contraire à ma maladie ; il fit une ordon-
nance fort longue , envoya chercher ce
qu'elle contenait , et me fit prendre
lui-même son remède , en me jurant
que je ne tarderais pas à en ressentir
l'effet. Il ne me trompa pas ; une heure
après , mes douleurs s'appaisèrent ; un
profond sommeil s'empara de moi ,
mais mon réveil fut affreux ; j'éprouvai une crise si violente , que je ne
doutai plus de ma fin. Charles se dé-
sespérait , me pressait avec transport
dans ses bras , en s'écriant qu'il était la
cause de ma mort. Tu croyais bien faire ,
lui dis-je , en rassemblant mes forces ;
vas , mon cher fils , ton amitié me pé-

nètre ; je sens que mon mal est à son
comble ; je ne mourrai pas sans la reconnaître ; ta sœur, ton indigne sœur,
ne pense plus à moi ; elle m'a fui pour
toujours ; elle ne doit plus prétendre à
ma tendresse, et encore moins à ma fortune ; je ne veux pas qu'elle vienne un
jour te la disputer. Il m'interrompit
pour me parler en ta faveur ; mais je
m'en irritai davantage, et Patrige me
secondant, nous parvînmes à le faire
consentir qu'on appelât un homme de
loi.

Je ne me contentai pas de lui donner
ton héritage ; j'eus encore la faiblesse
de le rendre maître absolu de tous mes
biens, ne me réservant rien, dans le
cas où ma maladie ne serait pas mor-
telle. Après avoir donné à cet acte toute
l'authenticité possible, je ne pensai
plus qu'à mourir ; mais soit que le remède fût arrivé au point où il devait
agir ,

agir , ou soit plutôt qu'on ne me l'eût
fait prendre que pour m'amener au
point de faiblesse où on me desirait ; je
ne tardai pas à me trouver mieux. Je
réfléchis alors à ce que je venais de
faire , et je n'en éprouvai cependant
aucun regret, me persuadant que dès
que mon fils me verrait rendu à ses
vœux, il aurait la délicatesse de me remettre la jouissance de mes biens. Mon
erreur ne fut pas longue ; dès que j'eus
rempli son but, il cessa de se contrain-
dre ; je ne vis plus ni lui ni son lâche
complice. J'eus le temps de me reprocher
ma folie pendant les deux mois d'une
convalescence que le chagrin prolon-
geait. Je ne pouvais voir Charles, quoique je ne cessasse de le faire demander ;
il ne me restait plus que l'espoir de le
rencontrer, dès que mes forces me per-
mettraient de sortir. Ah ! me disais-je,
si je peux le voir une fois, je n'aurai

pas de peine à le faire revenir à ses
premiers sentimens pour moi. Car la
perte de ma fortune n'était pas ce qui
m'affligeait le plus, mais la crainte
d'avoir été la dupe de mon fils, de penser qu'il ne m'aimait pas, qu'il ne
m'avait même jamais aimé; que toutes
ses démonstrations avaient été fausses.
C'était cette crainte, dis-je, qui m'ac-
cablait ; je voulais le revoir, sonder son
cœur, m'assurer s'il était aussi cor-
rompu que sa conduite présente me le
faisait croire ; je voulais me flatter encore, me persuader que des conseils
perfides l'avaient sans doute égaré ;
qu'il ne pourrait résister à l'ascendant
que j'avais toujours eu sur lui, et qu'en
reconnaissant ses torts, ils les répare-
rait. Je me berçais de cet espoir, quand
Patrige parut avec plusieurs ouvriers,
sans paraître m'appercevoir, ni même
se ressouvenir que j'existais encore.

Il leur donne froidement l'ordre de changer mon ameublement, et d'ouvrir une nouvelle croisée dans mon cabinet, qui, ajoute-t-il, n'est pas assez clair pour l'usage auquel on le destine à l'avenir. Je ne peux retenir mon ressentiment; je me lève en fureur, et leur ordonne à tous de sortir sur-le-champ. « Ne l'écoutez pas, leur dit Patrige, et prenez toujours vos mesures. » Juges, juges, ma Nanine, dit Milord à sa fille, en s'interrompant, quelle dut être mon emportement; tant d'audace pouvait-elle se supporter?.... Non, cela me fut impossible; je m'oubliai au point de m'élancer sur lui et de le mettre dans le cas de me frapper. Cependant il ne le fit pas, parce qu'on le retint, et qu'on nous sépara. La colère, ou plutôt le désespoir, me fit tomber dans un fauteuil, et bientôt j'y perdis le sentiment. Je ne sais si cet état fut

long ; mais on en profita pour me transporter hors d'un appartement , qu'on
soupçonnait avec raison que je ne céde-
rais pas de bonne grace. Quand je revins à moi , quelle fut ma douleur , de
me voir seul , abandonné dans une
chambre , où , pendant son enfance
même , je n'eusse pas voulu loger mon
fils ! Ce ne fut que de ce moment que
l'espoir de le ramener s'éteignit dans
mon cœur ; je m'en voulais même d'en
avoir eu l'idée. Rappelant mon courage , je me déterminai à quitter mon
hôtel avant qu'on m'en chassât ; ouvrant ma porte aussi-tôt , je descendis
dans la cour ; n'y voyant que de nouveaux visages, je demandai mes domestiques ; on me répondit que Monsieur Patrige venait dans l'instant de
les renvoyer. Je sortis pour prendre une
voiture , ne voulant pas en charger des
gens, qui peut-être m'eussent refusé.

A peine avais-je fait quelques pas que
mes forces m'abandonnèrent ; un marchand , devant la boutique duquel
j'étais , vint respectueusement m'offrir
sa maison pour me reposer, jusqu'à ce
qu'il eût averti mes gens. Il est inutile ,
lui dis-je , de vous donner cette peine ;
mais si vous aviez quelqu'un pour me
trouver un remise , vous m'obligeriez.
Un de ses garçons m'en ayant amené
un, je me fis conduire à ma terre de K...
où j'espérais que mon fils me laisserait
vivre en repos. Quelques jours après ,
deux de mes domestiques , ayant appris
que j'y étais, vinrent m'y rejoindre.

Ce fut dans ce moment que je sentis
plus vivement encore les procédés de
Charles ; ne pouvant les garder , je le
leur fis sentir. Ils me répondirent :
« Nous savons , Milord , que vous avez
tout donné à votre fils : à son tour , sans
doute , il vous rendra de quoi vivre ; un

L 3

homme comme vous ne peut se passer d'être servi. » S'il ne l'a pas fait, continuèrent-ils, la moitié de nos gages nous suffiront ; vous êtes malheureux, Milord !.... Pardonnez notre franchise, mais nous ne nous en sommes que trop apperçus, malgré le soin qu'on avait de nous éloigner de vous. Nous avons juré de ne point vous abandonner. Ah ! Milord, Milord ! gardez de vieux serviteurs qui ont été à votre épouse, qui ont toujours eu pour elle le plus grand attachement ; ils vous en promettent autant, Milord ; de grace, ne les renvoyez pas !

Je ne pouvais leur répondre ; j'étais agité par mille souvenirs qui bouleversaient mon ame. En me nommant ta mère, ils m'avaient rappelé mes torts envers elle ; j'éprouvais un frémissement secret, en pensant que je lui avais juré de te rendre heureuse, de te

faire épouser Sidney. J'avais fait le
contraire; je t'avais tout ôté, et pour
qui! pour un ingrat, un cruel qui
m'abandonnait, qui avait moins de
sentimens que mes domestiques. J'étais
humilié; je l'étais au dernier point en
voyant que ma position était connue.
Accablé par toutes ces réflexions, je
ne pensais plus que ces bons serviteurs
attendaient une réponse. Ils me dirent
d'un ton triste : « Milord, vous ne voulez donc plus de nous? » Ces paroles,
et encore plus le ton dont elles étaient
prononcées, firent couler mes larmes ;
je leur tendis la main, et leur dis qu'ils
pouvaient rester.

J'écrivis à Charles, non pour lui faire
des reproches, il n'en méritait plus ;
j'avais ouvert les yeux ; j'étais le plus
coupable ; j'attendis que l'âge, la raison et encore plus le manque d'expé-
rience, et l'abus qu'il allait faire de sa

L 4

fortune me le ramenassent. Je lui de-
mandais simplement de m'envoyer mes
effets, et de m'assurer la jouissance de
ma retraite tant que je vivrais. Je reçus
tout ce qui était à mon usage ; il y joi-
gnit même les livres de ma bibliothè-
que ; mais il ne me fit aucune réponse
sur le reste. Je ne m'en inquiétai pas
pour le moment, présumant, d'après
l'envoi qu'il venait de me faire, qu'il
consentait à ma demande, et que bientôt il m'en enverrait l'acte.

Si je vous disais que je fus assez
philosophe pour oublier mon fils, ma
fortune, et sur-tout le monde, dont
j'étais retiré, ce serait vous tromper ;
jamais je n'en avais autant senti le
prix que depuis que j'en étais privé.
Je passais des jours bien tristes ; trop
fier pour me plaindre, je ne voulus
jamais avouer que ma retraite fut forcée, ni dire au peu d'amis qui me res-

taient , que j'avais été la dupe de mon
fils ; ils m'eussent sans doute rappelé
les avis qu'ils m'avaient donnés sur lui,
et cela eut augmenté mes peines. Mais
soit qu'ils ne trouvassent plus d'agrément dans ma société , soit qu'ils eussent appris ce que je leur avais caché ,
soit enfin que mon manque de confiance
les eût offensé, ils cessèrent tout-à-coup
de me venir voir.

Depuis que j'avais quitté Londres ,
j'avais joui des revenus de la terre que
j'habitais ; ils étaient plus que suffi-
sans pour ma dépense ; j'eusse été sans
inquiétude pour l'avenir, si je n'eusse
appris chaque jour les nouvelles extravagances auxquelles Charles se livrait.
Je vis sa ruine prochaine, et je désirai
alors plus que jamais obtenir le don
que je lui avais déjà demandé. C'était
un faible débris sauvé du naufrage ,
autant pour lui que pour moi ; car je

comptais bien offrir cet asyle à l'ingrat,
quand il aurait reconnu ses erreurs. Je
lui écrivais lettres sur lettres , sans
pouvoir en arracher de réponse. Ma
tendresse l'emportant alors sur le ressentiment , je me décide à retourner
auprès de lui , à lui prouver que son
intérêt seul me fait agir ; et , sans
balancer davantage, j'envoie chercher
une voiture. A peine mon domestique
est-il sorti , que j'en entends une entrer dans la cour : je me flatte que
c'est mon fils ; et, dans l'excès de ma
joie , je me lève pour aller au-devant
de lui ; je ne vois plus ses torts , sa
démarche les efface tous. Dans ce moment , ma porte s'ouvre , mon cœur
tressaille de plaisir ; mais hélas ! il se
serre cruellement , en voyant Patrige
au lieu de Charles. Il entre d'un air
empesé ; deux domestiques le suivent ;
l'un lui approche un fauteuil ; l'autre

reçoit avec respect sa canne et ses gants,
qu'il tend d'un air nonchalant. J'exa-
minais en silence, j'attendais quel serait le dénouement d'une entrée si cava-
lière : mais je n'étais pas au bout, le
drôle voulait mettre ma patience à l'é-
preuve assurément , puisqu'il garda
aussi le silence avec moi; et se jettant
sur son siège , s'y étalant avec toutes les
grimaces d'un petit-maître , il dit, avec
fatuité ; aux domestiques qui se tenaient
à quelques pas de lui : « Je meurs de
de chaud , de fatigue , voyez donc à
me faire servir quelque chose à man-
ger. » Ils allaient remplir ses ordres ,
il les rappelle : « Apportez-moi un
bouillon , en attendant. » Je ne me
possède plus ; j'appelle à mon tour ;
je sonne, tout ce que j'avais de gens à
mon service accourt avec empressement. « Aidez-moi , leur dis-je , à jetter
par les croisées un valet qui s'oublie. »

Ils m'eussent, je crois, ponctuellement
obéi , si les misérables qui l'accom-
pagnaient , ne se fussent avancés vers
moi , en me menaçant du même trai-
tement. Mes pauvres serviteurs, voyant
le danger auquel j'étais exposé , se jet-
tèrent entre eux et moi , avec précipi-
tation. Milord , s'écria Patrige, point
de voie-de-fait , croyez-moi , éloignez
vos gens ; je donnerai le même ordre
aux miens. — Hé depuis quand, lui dis-
je, es-tu de valet devenu maître ? Il me
regarde avec fierté , et me répond :
» Du moment où j'ai eu le droit de vous
faire sortir d'un bien qui m'appartient.
Tenez , ajouta-t-il, si vous en doutez ,
vous pouvez lire ; voilà une copie de
l'acte qui m'autorise à ..... » Je me
lève avec fureur ; et, sans lui donner
le temps de continuer , j'arrache ce
titre de ses mains , je le parcours , et
vois qu'il ne m'en impose pas. Ainsi ,

m'écriai-je, un fils ne rougit point de
te donner ce qu'il me refuse!.... Et
quels sont donc les grands services que
tu lui as rendus, pour en recevoir un
don aussi considérable? — Vous l'ap-
prendrez, me répond-il avec un sourire ironique, et ajoutant : « Je vous
donne vingt-quatre heures pour sortir
d'ici, et pas plus, parce que je suis
pressé de jouir. Il se retira, en achevant
ces mots. Il était temps; car, pendant
qu'il me parlait, je m'étais avancé vers
mon secrétaire pour y prendre mes
pistolets, dans l'intention de lui brûler
la cervelle. Je ne sais s'il devina ma
pensée, sa sortie précipitée me le fit
croire ; elle ne l'eût cependant pas
sauvé, si mes gens n'eussent employé
leur force pour me désarmer. Je leur
sus gré après de m'avoir sauvé de ce
crime; quelque juste que fût mon ressentiment, je n'avais pas le droit de

lui arracher la vie. Mon sang avait été
si violemment agité, que je fus plus
d'une heure sans pouvoir rappeler ma
raison égarée par la colère et le désespoir. Mes domestiques en étaient
trop alarmés pour me quitter avant de
me voir revenu à moi-même. Hélas !
en devenant plus calme, j'en sentis
avec plus d'amertume le sort affreux
auquel il fallait m'attendre..... Je ne
savais à quoi me déterminer ; j'aurais
pu m'adresser au Roi, rentrer dans
mes droits ; mais m'abaisser à ce point,
ah ! la mort m'eût paru préférable. Je
revins à mon premier projet, celui de
me rendre auprès de mon fils ; et ne
voulant pas rester plus long-temps dans
une maison où je n'avais plus de droit,
je chargeai mes domestiques de me faire
transporter mes effets à Londres,
non chez mon fils, mais dans un appartement où je fus descendre. Je fis

prévenir Charles de mon arrivée , **en**
lui indiquant le lieu où il pourrait me
voir ; il n'y vint pas : je fus chez lui ;
et , sans me faire connaître , je témoignai le desir de l'entretenir ; on me
répondit qu'il n'y était pas : j'indiquai
l'heure à laquelle je reviendrais le lendemain , en recommandant à ses gens
de lui dire que c'était son meilleur ami
qui réclamait cette faveur..... Croiriez-
vous que mes pas furent encore inutiles , et qu'on me dit que des affaires
pressantes , indispensables , l'avaient
forcé à s'absenter pour quelque temps?
Je rentrai , déterminé à ne plus faire
des démarches aussi humiliantes. Mais
l'avenir ! l'avenir m'effrayait ; je ne
pouvais, avec ce qui me restait , garder
ni mon appartement, ni mes deux domestiques : ce sacrifice fut le plus grand
de tous ; je les récompensai autant
qu'il était en mon pouvoir, et je cher-

chais un logement dans un quartier
éloigné, où je n'eusse plus à craindre
d'être rencontré et reconnu. Qu'au-
rait-on dit, en voyant Manchester, à
pied dans les rues de Londres, portant
sur sa figure l'empreinte de la gêne et
de la douleur? Cette idée me révoltait;
je me hâtai de vendre tout ce qui ne
m'était pas absolument nécessaire, et
je me retirai le plus secrètement possible dans ma nouvelle demeure. Ici, me
dis-je en y entrant, je suis confondu
avec le peuple le plus grossier de la
capitale. Qui pourra m'y découvrir?...
Sera-ce mon fils ? à présent il ne s'occupe plus de son père; et du moins, si
je ne dois plus le revoir, ma fierté
n'aura point à souffrir de tous ces faux
adulateurs qui m'encensaient dans la
faveur, et dont le mépris m'accablerait
aujourd'hui. Je pris une femme pour
me servir ; elle ne me connaissait pas,

j'étais

j'étais donc sûr d'être toujours ignoré.

Les premiers jours que je passai dans ma nouvelle demeure furent assez tranquilles ; mais bientôt rappelant dans mon esprit mes grandeurs passées, comparant mon existence actuelle à celle qui l'avait précédée, je m'abandonnai à une sombre mélancolie qui faillit me coûter la vie. La femme qui me servait, me pressait d'appeler du secours ; je ne le voulus pas, espérant terminer et ma vie et mes peines. Je ne tardai pas à perdre jusqu'à la faculté de les sentir ; j'étais dans un épuisement total de forces physiques et morales. Cette femme en profita pour m'amener un médecin. L'assiduité, la persévérance qu'il eut de ne point m'abandonner, malgré le peu de succès de ses remèdes, m'attachèrent à lui ; je lui donnai ma confiance, lui découvrant que des peines secrètes me dé-

goûtaient de la vie, et que mon seul
desir était de la perdre. Après lui avoir
fait, sans me nommer, un récit fidèle
de ce qui m'était arrivé, j'ajoutai :
« Cessez donc, mon cher docteur, de
vous intéresser à un infortuné, à qui
vous ne pourriez rendre le bonheur :
l'ame est trop affectée, pour que je
puisse me promettre de retrouver jamais ce calme heureux, sans lequel
l'existence n'est qu'un fardeau pénible
à supporter. Pourrai-je oublier l'ingratitude d'un fils ? » Pourquoi, Monsieur,
me répond-il, ne tenteriez-vous pas
une chose qui ne me paraît pas impossible ? voulez-vous suivre mon conseil?
— Quel est-il ? — Il faut vous éloigner
d'un lieu qui entretient vos regrets,
qui vous rappelle un fils et des amis
que vous ne devez plus aimer, puisqu'ils en sont si peu dignes. Allez ;
croyez-moi, dans quelque province

éloignée ; placez ce qui vous reste dans
l'achat d'un bien où vous trouverez le
nécessaire ; ne rougissez pas de deve-
nir agriculteur ; faites-le valoir par vous-
même ; vous remplirez le vuide du
temps , et ne trouverez plus d'instans
pour penser à vos pertes.

Vous pouvez avoir raison , m'écriai-
je , je veux suivre votre avis ; mais
avant de l'exécuter , je veux encore
tenter un dernier effort sur mon fils. »
Il m'approuva. Dès que je pus sortir ,
ce fut pour envoyer une lettre à Charles.
Je ne réclamais plus rien , ne lui expri-
mant que la tendresse dont mon cœur
était encore rempli pour lui. Je ne te
demande , lui disais-je en finissant ,
qu'une seule et dernière marque d'amitié ; c'est de pouvoir te presser dans
mes bras avant de m'éloigner de toi.
Oh ! mon fils ! mon cher Charles, se-
ras-tu assez cruel pour me refuser ? »

M 2

Je ne le vis point..... Quelle fut ma
douleur ! Eh combien j'eus besoin de
la pitié consolante de mon médecin ! Il
me sauva du désespoir, en ne me
quittant pas un instant, jusqu'à ce que
ses soins et ses raisonnemens m'eussent
rendu à la raison ; il me pressa de nouveau de suivre son conseil, et me dé-
termina pour l'Ecosse. C'était sa patrie ; il pouvait, me dit-il, en m'adressant à sa famille, me procurer les
moyens de m'y établir promptement.
J'acceptai son offre avec plaisir. Cet
homme, pour qui j'aurai toujours la
plus vive reconnaissance, s'occupa seul
des préparatifs de mon départ, voulant m'épargner encore de nouveaux
regrets.

Je me fis conduire par Manchester,
voulant revoir encore une fois ces lieux
qui possédaient les restes de mon
épouse ; je voulais arroser son tombeau

de mes larmes, n'ayant plus l'espoir
d'unir mes cendres aux siennes. Comp-
tant y rester quelques jours, trouvant
que les frais de mon voyage seraient
considérables ; je descendis à la ville
de Manchester ; je renvoyai la voiture
qui m'avait amené, et je gagnai le château en me promenant. C'était là que
la plus vive douleur m'attendait : je ne
pus y être reçu ; la terre venait d'être
saisie par les créanciers de mon fils;
je m'informai des domestiques que j'y
avais laissés ; tous avaient été obligés
de chercher de nouveaux maîtres,
n'ayant pu même être payés de la dernière année de leurs gages. Il me fallut
passer la nuit au village ; et ne voulant pas me faire connaître, je fus
contraint de quitter ces lieux sans avoir
pu remplir les desirs de mon cœur.
J'y avais pris un cheval pour me conduire jusqu'à la couchée ; j'ai continué

ainsi ma route pour l'Ecosse; plus souvent encore je la faisais à pied, en
étant moins fatigué que de ces chevaux
de louage auxquels je n'étais point fait.
Du village où j'ai couché avant hier,
jusqu'à l'hermitage, le trajet, me dit-
on, en était court et facile. Je pris le
parti de ne point prendre de cheval
pour m'y rendre : j'étais déjà las de
la veille, quand je me mis en route; les
tristes réflexions auxquelles j'abandonnai mon esprit me firent égarer; je ne
m'en apperçus que lorsque le besoin de
nourriture me força à regarder autour
de moi; je me vis entre des gorges de
montagnes ; aucune habitation ne s'offrait à mes regards inquiets; mon embarras était extrême : comment retrouver la route que j'avais perdue?....
A force d'errer dans ces montagnes, je
trouvai enfin un chemin frayé. La nuit
était venue : je désespérais de pouvoir

gagner l'hermitage ou quelqu'autre
bourg ; le plus humble toît eût suffi alors
à mes desirs , si j'y eusse trouvé un
morceau de pain. Je marchais toujours.
quoiqu'avec peine : la lune éclairait
mes pas , et me fit découvrir un habitation ; j'en tressaillis de joie , reprenant courage , je doublai le pas pour
y arriver. Je distinguai une femme
assise à la porte ; j'avançai vers elle ; dès
qu'elle me vit, elle s'enfuit, et s'enferma
sans vouloir m'écouter. J'allais sans
doute m'évanouir de faiblesse , quand
la pitié la ramena près de moi. Vous
savez le reste, mes chères amies , et le
moment le plus cruel que j'eusse encore
passé, est sûrement la dernière épreuve
que je dusse éprouver. Eh toi ! toi, ma
fille chérie , tu vas faire la consolation
de mes jours ; tes respectables amies en
embelliront le cours ; je trouve ici le
bonheur ; mon voyage est terminé ; je

ne me séparerai jamais de ma Nanine;
non, je t'en fais le serment; je veux
faire ton bonheur, et assurer le mien
en pressant moi-même le retour de
Sidney.

Mon père, lui dit Nanine, après
l'avoir remercié par les plus douces caresses, mon père, pardonnez, si je
vais encore vous parler du passé; mais
l'excès de mon bonheur doit-il me
rendre insensible pour un infortuné!
Thomi! ce pauvre Thomi!.... Mon
bon et tendre père! ne pouvons-nous
l'arracher à la rigueur du sort où il est
condamné? « Sans doute, ma fille,
nous le pouvons, en le justifiant l'un
et l'autre. Mais, ma chère, mes malheurs, ma retraite seront connus.....
Il faudra aller faire notre déposition
de vive voix..... Nanine!... épargne
cette humiliation à un père encore trop
faible pour la supporter..... » Ah!
n'en

n'en parlons plus , s'écria Lady ;
moi !.... moi, vous causer de nouvelles
peines ! jamais , jamais Nanine n'aura
ce reproche à se faire : Sidney ne peut
tarder , attendons son retour.

Milord Manchester prit bientôt ,
pour le Lord Halifaix et pour Anna ,
la plus tendre amitié ; il les traitait
comme ses enfans ; souvent il les pressait de s'unir ; Halifaix était bien de
son avis ; Anna résistait encore, mais
faiblement. Le Lord le remarqua, devint plus pressant, Manchester le se-
conda et força Anna à donner un terme
fixe et prochain. Halifaix, transporté
de joie, retourna à Edimbourg prévenir ses sœurs que le jour de son bonheur
était enfin nommé ; il n'avait pas attendu
ce dernier moment pour leur ouvrir son
cœur ; elles n'avaient point blâmé son
choix, leur seul desir ayant toujours
été de le voir fixé par un mariage

qui pût le rendre heureux. Le portrait
qu'il leur avait fait d'Anna, les rendit
empressées à le seconder dans les diffé-
rens achats qu'il voulait faire pour elle.
Quoiqu'elle n'ait pour dot, leur disait-
il, que sa beauté et ses vertus ; je trouve
mon bonheur à la placer dans un rang
qu'elle ne déparera pas ; mon seul chagrin est de voir ma fortune si bornée,
qu'elle m'empêche de faire pour mon
Anna tout ce que je voudrais. « Elle
vous aime, mon frère, lui répondaient
ses sœurs, elle ne s'offensera pas de la
médiocrité de vos dons. »

Anna ayant desiré que son mariage
se fît sans éclat, Halifaix ramena avec
lui ses sœurs, leurs époux, et l'avocat
ami de madame Nelton. Ce furent les
seules personnes qui assistèrent à la
célébration qui fut faite au village prochain. Madame Harisse avait été in-
vitée des deux parts ; elle ne put y

venir , étant alors malade ; on peut croire sans peine qu'elle en fut désespérée , et ne s'en consola qu'en faisant répandre dans la ville la nouvelle d'un mariage qu'elle avait fait , auquel elle était engagée , et qui lui avait valu une bague de prix.

Malgré le peu de distance qui séparait les deux amies , Nanine versa des larmes lorsqu'il fallut quitter Lady Halifaix. « Reste avec moi , lui dit celle-ci : ne m'as-tu pas promis que nous ne nous séparerions jamais ? Milord te suivra , j'en suis sûre , avec plaisir. — Et notre bonne maman , Anna , dois - je l'abandonner après toutes les bontés qu'elle a eues ? voudrais-tu que je fusse ingrate ? Rappelle-toi combien son amitié est vive, désintéressée ; vois avec quel regret elle te perd ; irai - je encore l'affliger ? » — Hélas ! non , reprit Anna ; je sens que

nous lui devons ce sacrifice...... si....
mais non, non, elle ne voudrait pas
quitter sa maison, sa présence est nécessaire à ses intérêts. Ah ! pourquoi
ne sommes - nous pas plus riches, les
difficultés seraient bientôt levées. Halifaix, qui entrait dans ce moment, venait d'entendre les dernières paroles de
sa femme, la tristesse qu'il voyait dans
ses yeux l'inquiétait, il voulut en connaître la cause, elle la lui dit ». Mes aima-
bles amies, s'écria-t-il, il est un moyen
de nous satisfaire tous, il faut nous
réunir alternativement dans chaque
ménage, passer tout le jour ensemble ;
chaque matin on ira au-devant les uns
des autres jusqu'à la moitié du chemin,
et le soir on se séparera le plus tard
possible ». Ce projet fut communiqué
à Milord et à la bonne Maman, ils
sentirent qu'ils devaient y consentir
pour ne pas désoler leurs enfans. » C'est

moi qui dois commencer, leur dit Mistriss Nelton ; demain , je compte sur
vous , Milord et Nanine iront vous
chercher. Elles sourirent , s'embrassèrent, et se séparèrent contentes.

Sidney , que nous avons perdu de
vue depuis long-temps , n'avait reçu
qu'une lettre d'Hamilton ; c'était celle
où il lui annonçait son départ pour
Constantinople. Consterné de cette
nouvelle , il prit le parti d'écrire à son
homme d'affaires à Londres , pour avoir
des éclaircissemens sur les suites de son
procès. Pendant l'intervalle de l'envoi
de sa lettre à la réception de la réponse,
quel temps immense allait s'écouler !
Heureusement il se présenta une occasion pour passer en France , Sidney en
profita pour se rapprocher de sa patrie ;
son premier soin , dès qu'il fut à Paris,
fut de courir chez M. P.... banquier,
espérant y trouver des lettres. M. P....

lui dit en avoir reçues plusieurs, qu'il
n'avait pu lui faire passer que depuis
environ un mois, faute d'occasion ; il
ajouta : Vous devez vous consoler de leur
perte, puisque vous êtes maître maintenant de retourner en Angleterre si
vous le voulez, votre procès n'a point
eu de suites.... « Sidney ne veut pas en
entendre davantage, il brûle de partir,
il se croit déjà au comble de ses vœux ;
il ne doute point qu'il ne retrouve Lady
Manchester, et qu'il ne la retrouve
libre et disposée à faire son bonheur.

Il apprend, dès qu'il est à Londres,
tout ce qui s'est passé pendant son absence dans la famille Manchester :
chacun parle diversement sur la brouil-
lerie du père et du fils ; mais tous s'accordent sur la vérité de l'exhérédation
de Lady Nanine : personne ne sait ce
qu'est devenu Manchester, qu'on ne
revoit plus, mais qu'on croit cependant

dans une de ses terres ; pour sa fille ,
son sort est encore plus incertain. Sidney , désespéré de ce qu'il vient d'apprendre, ne voit que Charles qui puisse
lui donner des lumières sur ce qu'il desire. Au moins , se disait-il , s'il ne sait
rien de sa sœur, il me dira ce qu'est
devenu Thomi ; il n'y a plus que lui
qui puisse m'en instruire , puisque je
n'ai plus retrouvé son vieux père , que
le chagrin de sa perte a , dit-on , fait
mourir. » Sans délibérer davantage il
se rendit à l'hôtel Manchester , il fut
frappé du silence qui y régnait : pas
un domestique ne s'offrit à sa vue ; il
ne restait qu'un portier , qui lui dit
que la maison venait d'être séquestrée
au profit des créanciers de son maître.
« Pourriez-vous me dire où Sir Charles
habite actuellement ? lui demanda Sidney ». — Monsieur , pardonnez , reprit
cet homme ; mais je n'ai pas l'honneur

de vous connaître, et quand je saurais son adresse, devrais-je vous la donner? Je ne trahirai pas un maître qui m'a nourri pendant un an et plus ; non , Monsieur , non , je ne le trahirai pas. — Mon ami, je vous approuve , le zèle que vous me montrez pour votre maître me fait le plus grand plaisir; je vois que vous avez une âme honnête , et que je peux me confier à vous. Sachez donc que c'est un puissant intérêt qui me fait desirer de voir Sir Charles : je peux lui être utile, si vous voulez me donner les moyens de le rejoindre , sans lui faire connaître cependant que je vous l'aie demandé ; les circonstances actuelles lui feraient refuser ma visite : il est malheureux , je veux ménager sa délicatesse ; voilà mon adresse , venez m'avertir dès que vous l'aurez retrouvé. »

Le portier n'eut pas plutôt lu le

nom de Sidney, qu'il s'écria : Quoi
Monsieur ! quoi vous recherchez mon
maître, vous voulez lui rendre service ?... Vous ne me trompez pas ?... »
Si mes intentions n'eussent pas été
pures, lui dit Sidney, j'eusse cherché
d'abord à vous séduire par des offres
éblouissantes, je ne vous en ai fait aucune, dans ce moment même je ne
vous promets rien, et laisse à Sir
Charles à reconnaître ce que vous aurez
fait pour lui ; car vous l'obligerez j'espère, encore plus que moi, dans ceci.
Puisque je vous suis connu, ajouta-t-il,
je veux bien, pour vous rassurer, faire
le serment de ne point haïr Charles ».
Cela suffit, Monsieur, lui dit le portier ;
demain j'irai vous prendre, et vous
conduire moi-même chez lui : je ne
dois plus faire le mystérieux avec une
personne comme vous ; je vous dirai
donc que je n'ignore point sa retraite,

puisque c'est moi qui l'y ai conduit ; il est trop tard pour aller chez lui ce soir, demain je serai à vos ordres.

Sidney avait conçu le projet de retirer Charles de l'embarras où ses dettes l'avait mis ; il savait qu'il avait le caractère faible et facile à se laisser conduire, il ne douta pas qu'on n'en eût profité pour le ruiner aussi promptement. Ce fut une jouissance pour lui d'obliger le frère de Nanine, de le forcer au moins à l'estimer ; il ne s'occupa, une partie de la nuit, que des moyens qu'il emploirait pour y parvenir.

Le portier fut exact à remplir sa promesse : Sidney à pied, sans domestique, le suivit avec confiance dans un quartier où tout annonçait la misère. Son conducteur lui montre la maison : C'est ici, lui dit-il, c'est dans une petite chambre au dernier étage, que vous trouverez l'héri-

tier d'une des plus grandes fortunes
d'Angleterre, dissipée en deux ans,
moins par son inconduite que par les
friponneries de son intendant, qui l'ont
réduit à manquer même du nécessaire :
que cette connaissance, Monsieur,
vous rende généreux. Je vous quitte ;
il ne me pardonnerait pas de l'avoir
exposé à rougir. « Il s'éloigne en disant
ces mots, et laisse Sidney indécis sur
ce qu'il doit faire ; il aurait voulu être
annoncé ; il n'était plus temps d'y ré-
fléchir : il entre dans la maison, monte
au dernier étage, voit une clef à une
porte, il y frappe, on ne répond pas ;
il ouvre, voit un jeune homme assis
auprès d'une table, ses cheveux sont
en désordre, et sur sa figure se peint
le plus grand désespoir. Sidney en est
touché, sans pourtant pouvoir se persuader que cet infortuné soit celui qu'il
vient chercher. L'inconnu ne l'a point

entendu entrer, Sidney en est persuadé
en le voyant se saisir d'un pistolet qui
est sur la table , et s'écrier en le con-
sidérant : voilà ! Voilà ce qui doit mettre
fin à mes remords, à ma misère !....
Arrêtez ! arrêtez, s'écrie à son tour
Sidney, en s'élançant sur lui. » Ce cri,
sa promptitude à lui saisir le bras, ont
dérangé la direction du pistolet ; le
coup part, mais il n'est suivi d'aucun
effet funeste. Charles, les yeux égarés,
le fixe, et recule quelques pas......
« Dieux !.... veillai-je?.... Serait-ce
l'agitation de mes sens qui me ferait
voir mon plus grand ennemi?» — Dites
votre meilleur ami, Charles, vous parlerez plus vrai..... — Je ne me suis
donc pas trompé : quoi! c'est toi!....
toi, cruel, qui viens insulter à mon
malheur, repaître tes yeux de ma misère!.... Ah ! n'étais-je pas assez infortuné! Faut-il que mes derniers regards

se portent sur toi!.... Mais , s'écria-t-il
avec un sourire farouche, ton triomphe
ne sera pas long. « En disant ces mots, il
prend sur sa table un second pistolet que
Sidney n'avait point apperçu , et lâche
son coup. Heureusement que dans son
trouble Charles, en le chargeant, avait
oublié la balle. Le bruit de ce second
coup est entendu des femmes de la maison ; elles arrivent toutes, et fuient bien
vîte en voyant deux hommes qu'elles
croient ennemis. Sidney les rappelle
pour les empêcher de semer l'alarme,
et leur donner une défaite plausible ;
il n'en a pas la faculté ; la maîtresse
de la maison , moins timide que ses
compagnes, était réntrée dès le premier mot qu'il leur avait adressé ; mais
ce fut pour accabler Charles de reproches, lui signifiant qu'il eût à quitter sa
maison le jour même. Tant d'humiliations couvrent Charles de confusion ; il

tombe sur sa chaise et cache son
visage de ses mains, en s'écriant :
Qu'on me laisse, qu'on me laisse!....»
Sidney fait sortir l'hôtesse, et lui promet qu'elle sera payée, qu'il répond des
dettes de son ami. En disant ces mots,
il referme la porte sur lui, et se rappro-
che de Charles, qui lui dit d'un voix
étouffée par la douleur : Sidney ! Sidney ! sors d'ici, sors, je t'en conjure ;
je ne veux t'avoir aucune espèce d'obligation.....» — Charles ! — Je ne veux
plus t'entendre, ta vue est un supplice
pour moi, ne peux-tu me l'épargner?..»
Sidney va prendre une chaise, et vient
s'asseoir auprès de Charles. «Mon ami,
écoute-moi un instant, je t'en conjure
à mon tour.» — Parlez donc, puisque je
ne peux vous en empêcher, et jouissez à
votre aise de mes tourmens. —«Charles,
vous ne me rendez pas justice; s'il vous
était possible de lire dans mon cœur ;

vous verriez que les malheurs d'un
frère ne pourraient me toucher plus
sensiblement; je ne vous ai jamais haï.»
— Charles le regarde fixement.....
« Vous ne m'avez jamais haï! — J'ai ,
au contraire , desiré avec ardeur deve-
nir un jour votre ami, et ce jour, le
voilà arrivé. Oui, dès aujourd'hui nous
ne nous quitterons plus , et — Arrêtez, Sidney, quoi, vous seriez mon
ami ! vous?.... » Laissant retomber sa
tête sur sa table, et d'une voix sombre :
« Des amis ! je n'en ai jamais eus ; je
n'en peux plus avoir !.... » — Parce
que vous ne le voulez pas. «Eh! qui
pourrait m'aimer dans l'infortune ,
quand je n'ai pu l'être dans la prospé-
rité? » — Moi! moi qui ne suis venu que
pour vous offrir de partager en frère
ma maison et ma fortune, jusqu'au
moment où, par mes soins , la vôtre
puisse vous être rendue. Je suis per-

suadé , continua Sidney , qu'il y a eu
de la friponnerie de la part de votre
Patrige , et qu'il sera peut-être facile
de l'en convaincre. Avez-vous encore
les titres en vertu desquels vos créanciers ont fait saisir vos biens ? — Hélas!.... C'est tout ce qu'ils m'ont laissé.
— Ne vous livrez donc plus au désespoir, mon cher ami; dans peu tout sera
éclairci , je vous ferai rendre ce qui
vous aura été volé , et pour les dettes
légitimes , je serai votre caution. — Ah !
Sidney ! vous pouvez me faire rendre
mes biens, je n'en doute pas ; mais....
— Hé bien! — Qui me rendra le repos
de l'ame ?.... Ah ! malheureux ! malheureux pour toujours , je ne pourrai
jouir de vos bienfaits ; croyez-moi ,
Sidney , abandonnez un misérable, un
fils dénaturé qui vous a connu trop
tard , qui apprécie votre amitié, mais
qui ne doit plus y prétendre. Laissez-
moi

moi subir le sort que j'ai mérité ; mon
affreuse ingratitude devait être punie ;
je le sens , et je dois quitter le monde ,
qui ne me reverrait qu'avec horreur. »
Sidney veut l'interrompre. « Il est inutile que vous me pressiez d'avantage ;
ma résolution est irrévocablement prise;
je ne peux supporter la vie avec honneur , je dois la terminer. Je ne vous
demande qu'une grace , Sidney , elle
elle est la dernière volonté d'un homme
qui bientôt n'existera plus ; qu'elle soit
donc sacrée pour vous ; promettez-moi
de la remplir. — Je vous l'ai déjà dit,
Charles , vous pouvez tout attendre de
mon amitié , hors de vous abandonner
à vous-même. — « Homme cruel !....
Tu m'aimes , dis-tu ? et tu veux que
je vive ?... Ah ! Sidney ! Sidney ! ton
amitié est barbare ! — Mais , mon
ami , je ne vous vois pas si criminel ;
on peut avoir eu la faiblesse de prendre

Tom. III.   O

pour guide des hommes qui, abusant
de notre inexpérience et de notre jeunesse, nous conduisent à toutes les erreurs où l'une et l'autre entraînent ;
mais on peut réparer , par une bonne
conduite, les fautes passées, sur-tout
quand on n'a que votre âge. Il serait à
souhaiter que tous les débiteurs pen-
sassent comme vous. — Sidney , ont-
ils , comme moi, chassé leurs pères de
leurs maisons ?.... Les ont-ils livrés à
la misère , au désespoir et peut-être à
la mort ? Ah ! mon père !.... mon
père, quel est maintenant votre sort ?...
Où êtes-vous ? eh ! que ne pouvez-vous
voir mes remords , mes cruels remords ?
Vous seriez bien vengé..... — « Que
dites-vous , Charles !.. Votre père ,....
Milord , il aurait à se plaindre de
vous ?.... — Hélas ! je le vois, s'écria
Charles , je suis encore plus malheureux que je ne croyais ; Sidney ne con-

naissait pas tous mes crimes !....
A présent je lui fais horreur..... » Il
couvre son visage de ses mains. Sidney
est immobile de surprise ; il n'avait
rien su des motifs de la séparation du
père et du fils ; il gardait le silence, et
rêvait à ce qu'il venait d'entendre,
quand des sanglots, des cris même à
moitié étouffés, le rappellent à lui, et
le font précipiter vers Charles. Il le
presse dans ses bras, en l'appelant son
ami, son frère, le consolant par tout
ce qu'il peut trouver de tendre et d'obli-
geant ; il lui jure aussi que ses remords
le rendent estimable à ses yeux, puisqu'ils lui prouvent que son cœur n'a
été qu'égaré ; qu'il est fait pour connaître la vertu, la pratiquer et en jouir.
Oui, mon cher Charles, continua-t-il
avec feu, oui, ce dernier aveu, ton
désespoir, les larmes qui baignent encore tes joues, ont porté l'attendrisse-

ment dans mon ame et doublé mon amitié pour toi. Ne te refuse donc plus à mes consolations ; laisse-moi te persuader que l'homme vraiment coupable est celui que la honte porte à se détruire plutôt que de chercher à réparer ses crimes.

Tu as, dis-tu, manqué à tous les devoirs d'un honnête homme ; tu es le plus ingrat des fils. Cette idée te suit partout ; elle t'accable, je le crois. Le monde, ajoutes-tu, connaît ton crime, tu es déshonoré à ses yeux : il ne te reste plus, pour réparer tes fautes, que de cesser de vivre. Quel raisonnement, et qu'il est peu sage ! Quand tu auras terminé ta vie, ton père, dis-moi, en sera-t-il moins infortuné ? Au contraire, il oubliera alors tes torts envers lui ; l'amour paternel, cet amour qui ne s'éteint jamais entièrement, reprendra toute son activité, et doublera

ses maux ; il rejetera tes fautes sur ta
jeunesse, sur ceux dont les conseils
perfides t'ont égaré. Il ne verra plus
enfin dans ta perte qu'un sujet de désespoir de plus.

Tu es déshonoré, dis-tu encore, aux
yeux du public. Crois-tu que ta mort
lui fasse rétracter son jugment?.....
Non, ta mémoire restera flétrie ; un
opprobre éternel sera répandu sur ton
nom ; loin de plaindre ta jeunesse, on
dira : « Il était digne d'une telle fin. »
Quand on voudra donner un exemple
de l'ingratitude filiale et en montrer
le juste châtiment , c'est alors seulement que tu seras cité, que ton nom
inspirera l'horreur.....—O ciel! quelle
image m'offrez-vous! s'écria Charles...
Que dois-je donc faire, et comment
réparer mes torts? « Il faut chercher
ton père, lui prouver ton repentir , en
devenant pour lui le plus tendre des

fils, et en employant tous tes instans et ta fortune à le dédommager du temps où tu l'en as privé. Tu sentiras alors que le moyen le plus sûr de faire taire nos remords, de jouir de notre propre estime et de celle des autres, consiste à ne point rougir de remplir ses devoirs et de pratiquer la vertu.

Charles est dans les bras de Sidney. Ah ! c'est à présent que tu es vraiment mon ami ; tu viens de me rendre l'espoir, cher Edouard. Si je retrouve mon père, s'il me pardonne, que ne te devrai-je pas, comment reconnaîtrai-je un si grand bienfait ? — En m'aimant. « Dès ce moment, je te voue une amitié éternelle ; mais, mon ami, tu as encore un service à me rendre. » — Parles lui, dit Sidney. — Ma sœur, que je haïssais, que j'ai persécutée, pourra-t-elle me pardonner, si tu n'es près d'elle mon intercesseur ? l'épouse

de Sidney aura-t-elle ses sentimens?...
— « Mon épouse, ta sœur !.... Elle ne
l'est pas, et j'espérais que tu m'instrui-
rais de son sort. — Hélas ! Sidney, ne
m'en veux pas, je te jure que je l'ignore.
— O ciel ! à qui m'adresserai-je donc
à présent? Nanine ! ma chère Nanine,
ne dois-je plus te revoir ? » — Mon ami,
je te croyais son époux, reprit Charles;
le nom de frère que tu m'as donné me
l'avait confirmé. — Dis-moi, s'écria
Sidney, dis-moi au moins ce qu'est
devenu Thomi?.... Charles, les yeux
baissés et la voix émue, lui répondit :
« Tu me rappelle un malheureux qui
a le droit d'élever la voix contre moi ;
je l'ai aussi persécuté de concert avec
Patrige, qui le haïssait ; lui seul pourrait en donner des nouvelles. — S'il est
vivant, lui dit Sidney, j'obtiendrai un
ordre pour visiter les prisons. J'aurais
encore bien des questions à vous faire,

Charles, continua-t-il, mais il faut les
remettre à un moment plus tranquille.
Quittons ces lieux; venez avec moi,
vous pourrez rester inconnu dans ma
maison, tant que vous le desirerez. »
Charles ne se fit plus presser, et le
suivit.

Sir Sidney fit venir un homme éclairé
et probe; il lui raconta les malheurs
de son ami, en lui remettant toutes
les pièces propres à l'instruire, et le
priant de s'en occuper promptement.
Il fut ensuite chez le Prince de Galles,
à qui il avait rendu plusieurs visites
depuis son retour, et duquel il avait
reçu les plus grandes marques d'amitié. Il dit au Prince qu'il avait retrouvé
Charles, et lui fit le récit de ce qui
s'était passé entre eux. Quand il eut
cessé de parler, le Prince lui dit : Je
devine que vous êtes venu pour me
demander la liberté de votre domestique ;

que ; comme je ne vois plus de raisons pour qu'on m'empêche de vous être utile, comptez que je vais m'en occuper ; revenez dans quelques jours.

La personne chargée des intérêts de Charles, ne tarda pas à rapporter les plus heureuses nouvelles. Vous pouvez agir sans crainte, Monsieur, dit-elle à Sidney : j'ai des preuves incontestables de la mauvaise administration de l'intendant de votre ami ; j'ai fait voir aux créanciers qui l'ont secondé, que leurs fraudes m'étaient connues ; et, moitié crainte, moitié remords, je les ai fait consentir enfin à ce que je desirais. Il faut au plutôt faire arrêter Patrige, dans la crainte qu'on ne le prévienne, et qu'il n'échappe au juste châtiment qu'il mérite.

Les preuves étaient si claires, si convainquantes, que l'ordre fut obtenu sans peine et exécuté sur-le-champ.

Tom. III. P

On trouva ce nouveau seigneur dans
un magnifique sallon , entouré de pa-
rasites qui rampaient devant lui ; lorsqu'on lui montra l'ordre qui autorisait
à le conduire en prison ; il n'en voulut
rien croire ou le feignit , et s'écria avec
emportement : Quoi !... un homme
comme moi serait traité avec cette in-
solence ! Retirez-vous au plutôt , viles
canailles , ou je vous ferai repentir de
votre témérité.

« Mon ami , lui dit l'huissier en le
saisissant : vous avez donc déjà oublié
ce que vous étiez ? Vous avez fait un
beau rêve , à la vérité ; c'est dommage
qu'il ait été si court ». Il voulut faire ré-
sistance , il appella ses gens ; mais les
domestiques , les amis , tous avaient
pris la fuite.

Voyant qu'il n'y avait plus d'espoir
d'échapper par la force au sort qui le
menaçait , il se jetta aux genoux des

archers , des larmes coulèrent de ses
yeux, il espèra les attendrir par l'excès
de sa douleur ; ils y furent insensibles.
Ah ! s'écria-t-il , si mon malheur ne
peut vous toucher , prenez donc tout ce
que je possède , je vous l'abandonne si
vous me rendez la liberté. Promesses,
humiliations, tout fut inutile, ils furent
inexorables. Au moins , mes amis ,
continua Patrige , faites-moi conduire
dans ma voiture , ne m'exposez pas
aux insultes de la populace de la capitale. Cette populace crierait bien plus
fort, reprit un des gardes , si elle voyait
dans une belle voiture , celui qui tenait à honneur, il n'y a pas long-temps
encore , d'être derrière. Il pencha sa
tête avec confusion , et ne répliqua
plus. Allons, marchons , lui dirent-
ils en le relevant. Mais il était si trem-
blant , qu'ils en eurent pitié , et le
placèrent sur un cheval qu'ils eurent

soin de tenir toujours au milieu d'eux.

Charles ne cessait de parler de sa reconnaissance à Sidney. Combien je vous dois , mon généreux ami , lui disait-il? mon cœur est pénétré de toutes les peines que je vous cause. Mais ne pourrions - nous laisser pour quelques temps mes intérêts de côté , et parcourir l'Angleterre , pour y chercher..?
— Oui ! oui , interrompit Sidney , je brûle ainsi que toi de retrouver des objets si chers : par mes soins Londres et ses environs sont parcourus dans ce moment ; dès que Thomi va m'être rendu , nous les chercherons nous-mêmes. Dis-moi donc , continua-t-il , comment tu as pu te laisser aveugler au point que la moitié au plus de tes dettes soient légitimes , et comment aussi as-tu pu perdre les traces de ton père ?....

Ah ! Sidney ! Sidney , si vous saviez

à quel fourbe je m'étais livré !.... Sans lui, sans ses perfides conseils, aurai-je été si criminel ? Non, cher ami, non, croyez-moi, ou plutôt je vais vous en convaincre, en vous faisant part de toutes ses manœuvres, pour parvenir à me perdre et à s'enrichir de mes dé-pouilles. Mais il faut que je vous reporte aux premieres années de mon entrée dans le monde, pour mieux vous le dépeindre.

Lorsque je quittai Oxfort, par ordre de mon père, je fus ramené par mon Gouverneur ; il fut renvoyé, mon père voulant se charger de ma conduite et m'instruire selon ses vues. Patrige était déjà attaché à sa personne en qualité de valet-de-chambre ; il chercha à me plaire, il y réussit sans peine, en me traitant avec un respect qui flatta mon amour-propre ; bientôt après il eut ma confiance, et même mon amitié. J'a-

vais conçu pour ma sœur, dès sa nais-
sance, la plus forte jalousie, l'absence
l'avait affaiblie sans la détruire ; en la
retrouvant chez mon père, avec tous
les avantages que vous lui connaissez,
je sentis ma haîne renaître, et elle
augmenta en voyant ma mère la chérir, et mon père même quelquefois lui
donner des éloges.

C'était Patrige que je faisais le dé-
positaire de mes peines secrètes : loin
de les calmer, il les portait au comble,
en m'assurant que ma mère ne m'aimait plus, qu'en secret elle cherchait
à me perdre auprès de mon père, tandis
qu'elle m'en imposait par les marques
de tendresse qu'elle ne cessait de me
donner. Tout son desir, me dit-il un jour,
est de faire de sa fille la plus riche hé-
ritière d'Angleterre. Allez, ajoutait-il,
je suis sûr de ce que je vous dis-là :
vous verrez, vous verrez avec le temps

si je vous aurai trompé. Je le crus , et
je fus prêt à courir chez ma mère pour
l'accabler de reproches. Gardez-vous
en bien , me dit-il ; on emploie la ruse
pour vous perdre , servez - vous des
mêmes armes pour vous garantir sur-
tout ne portez pas vos plaintes à Milord : je connais son faible pour votre
mère , quoiqu'il affecte de la traiter
avec dureté , il n'en est pas moins son
esclave dans certaines occasions ; vous
remarquerez tout cela comme moi , je
n'en doute pas , vous avez un esprit
trop vif , trop pénétrant pour que cela
vous échappe, si vous les examinez avec
quelqu'attention. Vous verrez aussi
qu'il lui dit tout dès qu'ils sont racom-
modés, et qu'il ne faut jamais compter
sur les brouilleries qu'ils ont souvent
ensemble, puisqu'il l'aime davantage
après. Ne vous offensez pas de ce que
je vais ajouter , continua-t-il , je vous

P 4

aime trop pour me taire avec vous ; il faut, puisque je suis plus instruit que vous ne le seriez jamais sans moi, vous découvrir ce que mon adresse m'a fait pénétrer ; vous pourrez, d'après cette connaissance, vous rendre maître de l'esprit de Milord. Il me fit alors un récit odieux de la conduite de ma mère, et m'assura que ce n'était pas sans fondement que mon père était jaloux. Il ajouta : Le moyen de vous en faire aimer est d'applaudir à ses emporte-mens, de les exciter même encore par d'adroites insinuations sur ce que vous aurez vu ou entendu ; je suppose que vous fissiez en cela un mensonge, il n'y aura pas grand mal, puisque votre intérêt seul vous y portera, et que vous ne pourrez encore par-là faire le quart du mal qu'on veut vous faire. « Le croirez-vous, Sidney ? lui dit Charles, en s'interrompant, de tels conseils ne

me révoltèrent pas , et je les suivis avec
une exactitude dont je rougis à présent ». Il reprend son récit : J'eus l'a-
dresse d'éloigner ma mère et ma sœur
de Londres , et leur départ calma mes
craintes.

Mon père ne m'occupait l'esprit que
des idées des grandeurs auxquelles il
me destinait. Patrige ne me parlait que
des plaisirs auxquels mon âge et ma
fortune me permettaient de me livrer.
Ces différentes propositions me conve-
naient également. Mon père m'abandonnait rarement , je mourais d'envie
de mettre à profit les avis de Patrige ,
je ne lui cachai pas mes desirs ; il eût
assez d'adresse pour me satisfaire sans
que mon père pût en avoir aucun
doute. Pendant qu'il dormait , son fils ,
sous la conduite de Patrige , passait ses
nuits dans des excès peu faits pour un
jeune homme élevé avec des principes

d'honneur, de vertus, encore sous la
conduite d'un père, et d'un père tel
que le mien était pour moi : ah! quel fils
eut dû se trouver plus heureux !... Vous
pensez bien que les amis que je fis
étant choisis par Patrige, avaient eu
tous les vices en partage. Pour adoucir
ce que cette société eut d'abord de re-
butant pour moi, on me cita des jeunes
gens du premier rang comme moi, qui
ne l'avaient point dédaignée, et que
j'y verrais encore quelquefois ; mais
bientôt je fus moins scrupuleux, et je
ne mis plus de bornes ni à mes dépenses
ni à mes excès.

Mon père me donnait une somme
assez considérable par mois, pour
qu'elle dût me suffire ; je craignais
qu'il ne me questionnât sur l'emploi
que j'en faisais ; je fis part de mes
craintes à Patrige. Il a bien autre chose
à penser, me répondit-il ; de telles ba-

bioles ne l'occupent pas ; d'ailleurs , si l'argent vous manque, nous trouverons des bourses qui s'ouvriront sans peine pour l'héritier de Milord Manchester ; que votre seule étude soit de lui en imposer sur votre conduite , comme vous avez fait jusqu'à ce jour.

La disgrace de mon père , vint déranger tous mes plaisirs ; il m'emmena avec lui à Manchester. Je ne peux vous rendre le chagrin que j'en éprouvai , et qui fut encore accru par la bonne intelligence qui régna entre lui et ma mère. Vous avez su alors que ma sœur fut la victime de ma mauvaise humeur.

Nous ne revînmes à Londres qu'après avoir promené notre ennui dans les différentes provinces où mon père avait des terres. Je ne repris pas mes anciennes habitudes pour le moment ; non que j'eusse fait un retour sur moi-même, mais parce que ma vanité était

trop humiliée par la chûte de mon
père. Je menais une vie bien triste,
ne sortant que pour aller dîner avec
lui chez quelques amis que sa disgrace
n'avait pas refroidis. Ce fut à un de ces
dîners que je fis la connaissance d'Halifaix, nous nous liâmes bientôt de la
plus étroite amitié, mon père se prévint en sa faveur, et eut assez de confiance pour m'abandonner à sa conduite. Je fus de toutes ses parties de
plaisir ; je me vis, pour ainsi dire,
transporté dans un monde nouveau,
quoique je retrouvasse dans la plupart
de ces sociétés les mêmes vices que
dans celle que j'avais abandonnée ;
c'était un autre ton, d'autres manières,
que la première n'avait su que grotes-
quement imiter : là le vice se montrait
à découvert, ici il s'enveloppait d'un
voile qui le rendait plus séduisant.

La mort de ma mère vint de nou-

veau m'arracher à la société. J'avais
espéré, en partant, que mon absence
serait de peu de durée ; mais quelques
mots, qui échappèrent alors à mon
père, me firent soupçonner qu'on l'a-
vait prévenu de ma mauvaise conduite,
et qu'il voulait me punir, en me laissant à la campagne ; car Patrige eut
dû suffire pour garder ma sœur. Ce
fut dans ces momens de désœuvrement,
que je conçus le projet de la faire épouser à Halifaix ; je le communiquai à
Patrige, qui l'approuva, en me disant
cependant qu'il ne fallait le proposer
qu'à de certaines conditions ; ajoutant :
« Vous seriez bien dupe de n'en pas
tirer le plus d'avantage que vous pourrez ; sans cela, autant vaudrait-il la
donner à Sidney. » Halifaix vint me
trouver, vit ma sœur, l'aima, et consentit, sans peine, à toutes les conditions que je lui proposai. N'ayant pu

gagner mon père sur ce mariage , nous
allions employer la force pour vous la
ravir , lorsqu'elle nous prévint par sa
fuite. Je ne peux vous donner , mon
cher Sidney , continua Charles , aucun
détail sur cet étrange évènement ; vous
n'avez que trop souffert de l'erreur
dans laquelle il me jeta.

De retour à la vie après notre combat , je n'en fus pas plus sage ; je me
brouillai avec Halifax , parce qu'il fit
un acte de justice qui me révolta ; je
ne pus lui pardonner de justifier un ennemi que je voulais perdre. Patrige
reprit sur moi tout son empire : j'avais
déjà contracté des dettes énormes ; mes
créanciers murmuraient ; je craignis
que mon père ne vînt à le savoir. Il
était malade , je le quittais peu , moins
par amitié , je vous l'avoue , que par la
crainte que ceux à qui je devais ne
profitassent de mon absence pour pé-

nétrer jusqu'à lui. Ma situation était
affreuse, mon trouble paraissait malgré moi : mon père m'examinait ; mais
attribuant mon agitation à la tendresse
que j'avais pour lui, il en voyait la
cause dans sa maladie, et m'en témoignait sa reconnaissance dans des
termes qui me couvraient de confusion.
J'étais prêt à tout moment de me jeter
à ses pieds pour lui avouer mes fautes ;
mais Patrige, qui se méfiait de ma faiblesse, avait sans cesse l'œil sur moi ;
lorsqu'il me voyait sur le point de suc-
comber aux remords dont j'étais tour-
menté, il se hâtait de m'entraîner
hors de l'appartement. Vous voulez
donc vous perdre, me disait-il, et vous
perdre sans retour ? je connais Milord,
je le connais mieux que vous ; il ne
vous pardonnera jamais d'avoir su le
tromper si long-temps, il vous chas-
sera de chez lui ; il rappellera votre

cœur, et lui donnera tout son bien, en vous abandonnant à la plus affreuse misère. N'a-t-il pas toujours été implacable dans sa haîne ? devez-vous vous exposer à l'encourir ? — Et comment faire pour lui ôter la connaissance de mon inconduite, lui disais-je ? as-tu quelques moyens pour me tirer de l'abyme où tu m'as plongé ? Parlé, il faut en trouver sur-le-champ, où je ne balance plus à tout avouer à mon père ; quelque grands que soient les maux qui puissent m'arriver de mon aveu, ils ne peuvent surpasser ceux que j'éprouve à présent. — J'en ai un infaillible, me dit ce scélérat, après avoir rêvé un moment ; mais il faut me jurer que vous suivrez aveuglément mes avis.

— Ah ! parle, parle, je jure de me soumettre à tout ce que tu voudras...

— Cela me suffit ; si vous y manquez, la misère et le mépris vous attendent.

— Et

— Et que faut-il faire, lui dis-je avec impatience ? — Il faut profiter de la maladie de Milord pour vous faire donner sa fortune. — Comment peux-tu penser, repris-je, que mon père consente à me donner ce qu'il possède ? — Je sais bien qu'il n'en fera rien tant que sa vie ne courra aucun danger ; il faut avoir assez d'adresse pour lui persuader qu'il n'a plus d'espoir de vivre, et sur-tout lui témoigner tant de regrets, que son cœur s'attendrisse en votre faveur. — Mais mon père, ajoutai-je, et tu le sais comme moi, ne nous croira pas tant qu'il pourra se répondre du contraire. — Oh, tout vous embarrasse, me dit-il avec humeur ; s'il ne veut pas convenir qu'il est à l'extrêmité, j'ai un médecin de mes amis qui saura bientôt l'en convaincre. — Quoi, monstre, m'écriai-je, tu oses me faire une telle proposition !..

Tome III.   Q

quoi , je donnnerais la mort à mon
père? — Et vous ai-je dit que je voulais le faire mourir? vous devez me
connaître assez pour croire que ce n'est
point mon intention ; on ne fera que
le mettre dans un état de faiblesse capable de le porter de lui-même à régler
ses affaires. » Je combattis quelque
temps ce projet; mais je dois vous avouer
que ce fut faiblement, et que, dans son
exécution, je secondai si bien Patrige,
qu'il réussit au gré de nos desirs. Cé-
pendant j'éprouvais des remords : mon
complice, qui en craignit les suites ,
me fit promettre de ne plus revoir mon
père. Tant qu'il fut convalescent, il
me fut facile de remplir ma promesse ;
mais je sentais aussi que nous ne pourrions habiter le même hôtel, sans que
tôt ou tard le hasard ne nous fît rencontrer : je voulais lui en abandonner
la jouissance avec un revenu honnête;

Patrige s'y opposa, en me disant : Il
faut frapper le dernier coup : après ce
que nous avons déjà fait, et dont il
n'est plus la dupe, nous n'avons aucune grace à en espérer. En le réduisant
à vivre dans la retraite, nous sommes
sûrs que sa fierté l'empêchera de montrer le peu qui lui restera. Si au contraire vous lui laissez de quoi soutenir
son rang, il est à craindre qu'il ne vous
peigne par-tout comme un fils ingrat,
qui l'a dépouillé de la moitié de sa fortune ; il n'aura que ce moyen de se
venger, et il l'emploiera, n'en doutez
pas. L'avis de Patrige, tout mauvais
qu'il était, prévalut sur mes remords.
Je le chargeai d'annoncer à mon père
cette séparation, et de lui laisser la
liberté de choisir le lieu de sa retraite,
pourvu toutefois que son choix ne tom-
bât pas sur Manchester.

Je m'étais absenté pour quelques

jours. Quand je revins, Patrige me
dit que tout s'était passé tranquillement : je le crus, et cette conviction
me rendit une partie de mon bonheur.
J'étais surpris cependant de ne point
recevoir de nouvelles de mon père ; je
m'en plaignais souvent. — Pourquoi
vous écrirait-il, me disait Patrige, vous
doit-il des remercîmens ? — Hélas !
non, m'écriai-je, je me reproche toujours ma dureté envers lui ; je voudrais
au moins qu'il ne manquât de rien.
—J'y veille, me dit l'hypocrite ; et la
terre de K..... où il s'est retiré, a
des revenus assez considérables pour
satisfaire à tous ses besoins. Soyez donc
sans inquiétude à l'avenir, et reposez-
vous sur moi du soin de le rendre heureux.

Satisfait par cette assurance, persuadé de l'intérêt qu'il avait pour moi,
je lui recommandai de s'occuper au

plutôt de mes créanciers. Pour moi je
ne me sentais pas propre à régir mes
affaires ; j'avais renvoyé l'homme en
qui mon père avait mis sa confiance,
sur des soupçons que Patrige m'avait
fait naître, et il devint le maître, par
ce moyen, de remplir les vues auxquelles il tendait depuis long-temps,
et dont ma ruine fut le résultat.

Il y avait dix-huit mois que j'étais
indépendant, ne m'occupant que de
fêtes et de plaisirs : j'étais loin de réflé-
chir aux suites que pourraient avoir
tant de folles dépenses ; cependant les
mémoires énormes qui m'étaient pré-
sentés chaque jour, et que Patrige avait
le plus grand soin de me faire arrêter,
me firent concevoir quelques inquiétudes, et je lui demandai enfin pourquoi il ne payait pas ; je lui dis que je
recevais des plaintes de tous les côtés,
et que ce n'était pas suffisant de recon-

naître ce qu'on devait, qu'il fallait aussi payer. Au moins, ajoutai-je, tu m'as sans doute débarrassé des anciennes dettes ? — Vraiment, Monsieur, reprit-il, cela vous est bien facile à dire ; j'en avais bien l'intention ; mais je n'en ai pas eu le pouvoir ; votre père n'ayant pas laissé une livre sterling, et votre dépense excédant la recette, il n'y a plus de moyens de vous soutenir, comme je l'ai fait jusqu'à ce jour ; et encore m'a-t-il fallu bien de l'adresse pour y atteindre. — Mais cela n'est pas possible, m'écriai-je, tu te fais un jeu de m'alarmer..... — C'est la vérité, Monsieur, bientôt on saisira vos biens, et votre père, vous et moi, serons à la mendicité. Je restai interdit en l'écoutant, je croyais avoir mal entendu, j'étais comme un homme pétrifié ; il continua : Un seul moyen nous reste encore pour nous conserver une retraite

et le nécessaire ; il faut au plutôt faire
une vente simulée d'une de vos terres.
Ah ! lui dis-je avec le plus grand trouble, conservons au moins Manchester. »
— Nous ne le pourrions faire, Monsieur, sans effaroucher vos créanciers :
la terre où est votre père est la seule
à laquelle il faille penser, en leur abandonnant le reste de bonne grace ; mais
je vous avertis de ne vous fier qu'à
quelqu'un dont vous soyez sûr comme
de vous-même. — Ne puis-je te la
vendre, repris - je vivement, et en-
chanté de mon idée ? depuis que tu es
au service de mon père et au mien, tu
peux bien paraître avoir gagné assez
pour acquérir cet objet. — Monsieur,
me dit-il en m'interrompant, je ne vous
eusse jamais fait cette proposition ; car
mon attachement a beau vous être
connu, vous l'est-il assez pour ne pas
craindre mon ingratitude ? Ce ne sera

qu'une vente simulée, lui dis-je. —
Oui, entre vous et moi nous en con-
viendrons ; mais il n'en faudra pas
moins un acte en bonne forme ; il faudra aussi que je m'en mette en possession, et que je la garde jusqu'à ce que
vos affaires soient réglées définitive-
ment. Souffrez, Monsieur, que je
vous refuse ; je ne peux, en vérité,
me déterminer à cela ; n'avez - vous
donc aucun ami qui puisse vous rendre
ce service ? Puis, paraissant y réflé-
chir, il ajouta : Il est vrai que vos
amis sont à - peu - près dans la même
position que vous, il est douteux qu'ils
eussent assez de délicatesse pour vous
rendre cet objet. Tu vois donc bien,
lui dis-je aussi-tôt, que tu es le seul
qui puisses remplir mes vues ; vas donc,
et ne reviens qu'avec l'acte prêt à signer. Il me fit encore de longs dis-
cours, pour me faire croire à sa ré-
pugnance.

pugnance. J'étais si aveuglé, je me
croyais si sûr de son attachement, que
je ne voulus pas l'écouter plus long-
temps : enfin je n'eus point de repos
que lorsque j'eus signé.

Peu de jours après il me quitta,
pour aller se mettre en possession.
Préviens mon père, lui dis-je, avec
ménagement, sur mon infortune ; as-
sure-le que son intérêt seul m'a déterminé ; sur-tout obtiens mon pardon,
et la grace de pouvoir vivre encore
avec lui comme par le passé. A peine
fut-il parti, que quelques amis vinrent
me proposer de les suivre à la campagne, où ils comptaient passer quelque
temps. J'acceptai avec joie, et j'y pro-
longeai même mon séjour, persuadé
que mes créanciers ne pourraient agir
pendant mon absence : il fallut pourtant revenir ; il était nuit quand nous
arrivâmes à Londres. Je quittai mes

Tom. III.   R

amis, et gagnai mon hôtel, suivi d'un
domestique. Le portier, en m'ouvrant,
me dit d'entrer chez lui: son air consterné me glaça d'effroi; j'éloignai mon
domestique, en lui donnant une com-
mission. Dès qu'il fut parti, mon portier me pressa de le suivre. Je voulus
l'interroger. De grace, Monsieur, me
dit-il, ne perdons pas un temps précieux, vous saurez assez tôt vos malheurs. Je me laissai conduire; il me
déposa chez la femme où vous m'avez
trouvé, me recommanda à ses soins,
et me quitta en me disant que le lendemain il reviendrait m'apprendre mon
sort. Je doutais si j'existais; je fus
long-temps immobile à la place où il
m'avait laissé, promenant mes regards
sur la chambre où j'étais, et sur la
femme qui me donnait asyle. Je revins
enfin à moi, et fis quelques questions à
cette femme. Elle me répondit qu'elle

ignorait les desseins que James avait eus
en me conduisant chez elle ; qu'il y avait
déjà quelque temps qu'il l'avait prévenue de lui garder une chambre. Je la
priai de m'y conduire, et m'y renfermai
avec tant d'agitation dans l'esprit, que
je ne pus reposer de la nuit. A peine
fait-il jour le lendemain, qu'on frappe
à ma porte ; j'ouvre, et je vois James ; il
m'apprend que je ne possède plus rien,
que tout est saisi, jusqu'à ma garderobe, et que je cours le danger d'être
arrêté, parce que les créanciers se
plaignent hautement de perdre encore
beaucoup. Et Patrige, lui dis-je, en
avez-vous eu des nouvelles ? — Lui,
Monsieur, oh vraiment il était à la
tête des autres lorsqu'ils sont venus à
l'hôtel, et il criait le plus fort contre
vous. Ah le scélérat ! où est-il, que je
me venge d'avoir été sa dupe ? —
Monsieur, il est à sa terre, où il

tranche du haut et puissant seigneur.
On m'a dit qu'il en avait fait sortir votre
père, et qu'il y rassemblait tous les
fripons qui l'ont aidé à vous ruiner ; il
leur donne des fêtes si superbes, que
cela a ouvert les yeux de bien du
monde. On murmure contre lui, et on
vous plaint ; on dit même, Monsieur,
que vous ne devriez pas le laisser jouir
aussi tranquillement d'un bien si mal
acquis... — Que puis-je faire à présent,
dis-je à James, il est trop tard ; je
n'irai pas moi-même montrer ma faiblesse au public ; et quelqu'affreuse
que soit ma situation, j'en serais moins
affecté, si mon père n'en souffrait pas,
et si je pouvais le rejoindre ; ne s'est-
il point présenté chez moi ! — Il venait
tous les jours du monde vous demander, me répondit James : vous savez
que je ne suis entré à votre service
qu'après votre séparation d'avec Mi-

lord ; il est possible qu'il y soit venu ,
mais, en tout cas, il ne s'est point fait
connaître. J'ai, ajoute-t-il, reçu plusieurs lettres , je vous les apporte. » Je
m'en saisis , les regarde, et reconnais
sur l'enveloppe de l'une d'elles, l'écri-
ture de mon père. Je me hâte de la
décacheter , je croyais y trouver des
reproches justement mérités, je n'y lus
que les expressions de la plus vive tendresse. Combien cette lettre me fit répandre de larmes , et augmenta mes
regrets sur mon ingratitude ! je ne voulus pas différer plus long-temps à me
rendre auprès de lui ; je le demandai
sous le nom qu'il me marquait avoir pris,
pour ne pas être connu ; j'appris qu'à
peine rétabli d'une longue maladie , il
avait tout vendu et quitté Londres. Je
demandai l'adresse du médecin et de la
femme qui , venait-on de me dire,
l'avaient soigné pendant sa maladie ;

R 3

le premier n'était point connu d'eux,
et sa domestique avait quitté le quartier, à ce qu'on présumait, ne l'ayant
pas vue depuis le départ de son maître. Je rentrai désespéré ; et, l'ayant
vainement cherché et fait demander
dans tous les lieux où je présumais
qu'il avait pu se retirer, je me déterminai à m'ôter la vie. Vous seul,
Sidney, étiez capable de me ramener à
la raison et à la vertu.

Sidney allait faire sentir à son ami
qu'il avait donné bien légèrement sa
confiance, sur-tout à un homme comme
Patrige, lorsqu'il fut interrompu par
un domestique, qui lui apportait une
lettre du prince ; il l'ouvrit, et vit la
grace de Thomi. Ah! s'écria-t-il,
voilà donc un instant de bonheur,
après tant de contrariétés ! « Viens,
mon ami, viens, ne perdons pas un
seul moment; ce serait un crime, quand

l'innocence gémit dans les fers, de ne pas voler à son secours.... » — Charles lui ayant fait observer que sa vue ne pouvait être agréable à Thomi, il en convint, et le laissa chez lui.

Sidney avait parcouru lui - même toutes les prisons de la capitale ; il allait sortir de la dernière, déterminé à faire des recherches au dehors, lorsque le geolier, le rappelant, lui demanda à voir de nouveau le signalement du prisonnier qu'il réclamait. Je me souviens à présent, ajouta-t-il, que j'en ai un ici depuis un an environ, il y est sans écrou ; il serait plaisant que ce fût celui que vous cherchez. — Ah ! courons courons à son secours, lui dit Sidney, hors de lui ; et, revenant sur ses pas : — Je vous préviens, Monsieur, que s'il n'est pas mort, il n'en vaut guère mieux. — « O dieux ! s'il n'était plus temps ! » Ils sont déjà à la porte du

R 4

cachot, le geolier l'ouvre, en criant
d'une voix forte : Hé bien, l'ami, êtes-
vous encore des nôtres....? — « Hélas!..... donnez-moi un peu d'eau, je
meurs de soif, et n'ai plus la force de
me servir moi-même. » Sidney crut
reconnaître la voix de Thomi; et, pour
ne pas lui causer une trop vive surprise, il dit au geolier : Laissez-moi le
soin de le prévenir, allez lui chercher
un bouillon; appelez un médecin, et
faites le plus de diligence possible. Le
geolier revient sur ses pas. « Mais,
Monsieur, si ce malheureux n'est pas
celui que vous cherchez?..... » Allez
toujours, j'aurai secouru un infortuné,
et cela me suffit.

Sidney s'approche du prisonnier, il
le trouve étendu sur une terre humi-
de, il ne paraît pas même qu'il ait
jamais eu de paille, il le regarde avec
attention, et ne reconnaît point les traits

de Thomi. Tu contemples ta victime ,
lui dit l'inconnu , croyant parler au
géolier ? — Infortuné lui répond Sidney,
je viens soulager tes maux , te rendre
à la vie s'il est possible. — Ah ! je ne
veux plus vivre , s'écria le prisonnier
avec désespoir : la mort ! la mort est
le seul bien que j'envie ! ... ... Moi
vivre ! .... vivre dans cet affreux séjour, il n'y a que trop long-temps que
j'y languis , » — Mon ami, n'est il pas
possible de vous rendre la liberté !....
Parlez , je pourrais peut-être l'obtenir
si vous n'êtes pas trop criminel, une
erreur de jeunesse sans doute vous a
conduit ici , ayez assez de confiance pour
me dire votre crime. — Mon crime !
mon crime hélas ! est d'avoir sauvé....
Mais qui êtes vous pour m'interroger?
ne seriez vous pas envoyé par mes ennemis pour me tourmenter encore , et
m'arracher des aveux que je ne ferai

jamais ?.. » Dans ce moment le geolier
paraît avec le médecin que Sidney avait
demandé. Il examine ce malheureux
jeune homme, lui fait prendre le bouillon, puis se retourne vers Sidney :
« C'est vous qui m'avez fait appeller
monsieur ? » — Oui, avez-vous quelque
espoir ? — Sans doute si au plutôt on
le retire d'ici, et si on a soin de lui
rétablir le corps par une bonne nourriture. — Il ne peut sortir, reprit le
geolier, il m'est trop bien recommandé
pour que je m'expose. — Mais quel est
donc le crime pour lequel il est arrêté ?
s'écria Sidney avec douleur. — Monsieur, je vous l'ai déjà dit ; il est sans
écrou dans cette prison, il y a été transféré d'une autre où il avait été jugé :
tout ce que j'ai appris de celui qui me
le remit alors, c'est qu'il avait en-
levé une fille de grande condition. —
Ah ! c'est lui !...... c'est lui que je

réclame , s'écria Sidney, préparez lui
une chambre , et vous monsieur le docteur ne le quittez pas , je vous en conjure.

Il revient auprès du prisonnier , lui
prend les mains , les presse dans les
siennes , et lui dit avec attendrissement :
Thomi ! . . . . infortuné Thomi , tu vas
être libre.... — Que dites vous ! d'où
me connaissez-vous , et comment pouvez vous m'arracher de ces lieux ? . . . .
» Il s'appuie sur son coude pour fixer
l'homme généreux qui veut lui rendre
la liberté. De grace , oh ! de grace mon
cher libérateur , ne me cachez pas votre
nom, je vous en supplie. — Mon ami, tu
le sauras . . . . . — Ah ! vous êtes Sir
Edouard, il n'y a que mon bon maître
qui ait pu se ressouvenir du pauvre
Thomi ! — Hé bien oui, oui c'est moi qui
ne pourrai jamais reconnaître le service
que tu m'as rendu , et t'en recompen-

ser à proportion des peines qu'il t'a
coûté. — Êtes-vous réunis, avez-vous
épousé Lady?... — J'ignore toujours.
— Quoi! elle ne vous a pas fait savoir
sa retraite?... J'aurai donc le bonheur
de vous réunir, faites moi sortir, continua-t-il, conduisez moi chez vous,
vous verrez que le contentement me
rendra promptement la santé. » Le médecin représente qu'il y aurait du danger de l'exposer à l'air, après avoir été
privé si long-temps de la lumière. Le
plus grand danger, leur dit Thomi,
serait de me laisser ici davantage :
mon cher maître, mon libérateur,
emmenez-moi je vous en conjure.
— Tu vas être satisfait, on va aller
chez moi chercher une litière, et de
quoi te vêtir ; nous allons passer dans
une chambre en attendant le retour du
domestique. » Il y consentit, sa joie était
si vive, que sa raison en paraissait

égarée. Enfin il a quitté la prison, il est chez son maître. Au bout de quelques jours de repos absolu, que le médecin avait exigé, il fut dire à Sidney, que le jeune homme qu'il avait confié à ses soins, n'en avait plus besoin, et qu'il pouvait actuellement l'entretenir sans crainte de l'incommoder. Dès que le docteur se fut retiré, Sidney se rendit auprès de Thomi : celui-ci ne voulut pas le laisser plus long-temps dans l'incertitude sur ce qu'il avait à lui apprendre de Lady Manchester. Son maître à son tour se justifia de l'abandon où il avait pû croire qu'il l'avait laissé ; il lui parla ensuite des malheurs de Charles et de l'emprisonnement de Patrige. Ah ! le coquin ! s'écria Thomi, l'y voilà donc à son tour ! je ne peux le plaindre, mais le sort de Milord me touche, quel chagrin pour Lady si vous ne pouvez lui en donner de nouvelles !

— Pardonneras-tu à Charles? lui demanda Sidney, avec une sorte d'inquiétude que Thomi remarqua. — « Il est votre ami, lui dit-il, je ne vois plus ses torts : hé ! quand mon maître l'aime après ce qu'il lui a fait, est-ce à moi à le haïr? » — Tu me fais plaisir de penser ainsi, il demeure avec moi, et désire te voir. — Ah qu'il vienne, je suis prêt à l'obliger avec le même zèle que s'il ne m'eût point fait de peine.

Sir Charles ne put le voir sans être attendri, et détourna la tête pour lui cacher ses larmes. Thomi lui prit la main, en lui disant : Pardonnez ma liberté, Sir Charles, et oubliez comme moi, que vous poussâtes la rigueur un peu loin ; je vous le pardonne du fonds du cœur, le frère de Lady Nanine et de Sir Sidney sera mon troisième maître. Que parles-tu de maître? lui dit Sidney ; tu n'en as plus, tu ne nous

quitteras jamais , nous serons pour toi
des amis. — Eh mon père ! mon bon
père , il faut bien que je retourne avec
lui : ah ! quel va être sa joie , combien
ce moment sera doux pour moi ! — Ré-
tablis toi , lui dit Sidney , voilà ce qui
doit t'occuper à présent : à notre retour
d'Ecosse , nous verrons ce qu'il y aura
à faire , pour te rendre heureux. » Il le
quitta dans la crainte de lui laisser pénétrer ce qu'il voulait lui cacher le plus
long-temps possible.

En attendant le parfait rétablissement
de Thomi, Sydney régla avec les créanciers de Charles , il eut le droit de rentrer dans tous ses biens , et en ne leur
faisant rien perdre , il en obtint dix ans
pour s'acquitter. Pour les complices de
Patrige , ils furent trop heureux d'a-
voir pu fuir ; car se voyant condamné
il ne les avait plus ménagés.

Sidney, avant de partir pour l'Ecosse,

fut faire ses remercîmens au prince de
Galles, et lui apprendre l'heureux résultat de sa visite aux prisons.

Quand comptez vous être de retour,
lui demanda le prince ? Sidney n'ayant
pu lui donner une époque fixe, il exi-
gea qu'il lui écrivît dès qu'il serait
marié, et qu'il lui marquât le lieu où
il conduirait son épouse. Comme il fit
cette demande en riant, Sidney crut
pouvoir lui demander à son tour pourquoi il désirait en être instruit ? — Vous
ne pouvez douter mon cher Sidney,
reprit le prince, à quel point votre
bonheur m'intéresse, je vous ai prouvé
mon amitié dans trop d'occasions, pour
vous laisser la moindre incertitude là-
dessus. Quant au desir que j'ai de savoir le lieu où vous vous rendrez à
votre retour, c'est un secret que vous
ne connaîtrez qu'en me tenant votre
promesse. Allez mon ami, ne perdez
plus

plus des instans qui doivent vous être précieux ; et si l'excès de votre bonheur laisse à votre cœur quelques momens de libres, que le souvenir d'un prince qui vous aime, l'occupe quelquefois ; adieu mon ami. » Sidney voulut lui baiser la main, le prince le serra dans ses bras, en lui répétant : Sidney, si je vous suis cher, hâtez votre retour ; j'ai connu le charme de l'amitié, je sens que je ne peux plus en être privé : il l'embrassa encore, et s'arracha précipitamment de ses bras. Sidney attendri, le vit s'éloigner et se dit en lui-même : Aimable prince, pourquoi vous dérober à ma juste reconnaissance ? oui je reviendrai vous consacrer ma vie, pourrais-je ne pas sentir tout le prix de votre attachement ?

Il a rejoint Charles et Thomi. Allons mes amis leur dit-il, ne différons plus. Ceux-ci partagent son impatience, ils

sont en route. Il semble que Thomi
prend de nouvelles forces à mesure qu'ils
approchent du terme de leur voyage.
Il reconnaît de loin la maison de Mistriss Nelton, et s'écrie : Quelques instans encore et tout sera oublié. Voyez
vous continue-t-il, cette jolie maison
à mi-côte ; c'est-là que j'ai laissé Lady
Nanine et son amie, sous la protection
de la meilleure des femmes ; ce grand
enclos renferme un jardin charmant,
où Lady se promène peut-être en ce
moment en s'occupant de vous. Sidney
sourit et presse la marche, pendant que
Charles inquiet et rêveur les suit à quelque distance.

Thomi leur représenta qu'il serait
peut-être dangereux pour Lady, qu'ils
s'offrissent à ses yeux avant qu'elle fût
prévenue. On était presqu'à la porte
lorsqu'il fit cette observation. Charles et
Sidney s'arrêtent, Thomi descend de

son cheval, et entre seul. Pathi le regarde, et pousse un cri de joie en le reconnaissant : Quoi c'est vous ! monsieur Thomi ?..... . Mon dieu quel plaisir votre arrivée va causer ! .... Thomi regarde tristement autour de lui : » Vous êtes donc seule, Pathi ? — Ils sont allés dîner dehors, lui répond la jeune gouvernante. Il va retrouver les deux voyageurs. On ne nous attend guères, leur dit-il, en les faisant entrer dans la maison. Où sont - elles ? demanda Sidney avec inquiétude. — Monsieur, reprit Pathi, en le regardant avec une sorte de curiosité qui décelait son doute, elles sont allées dîner chez le lord Halifaix. Chez Halifaix ! s'écrièrent-ils tous trois. — Chez Halifaix ! ..... répéta Sidney, mais cela peut-il se concevoir ? Ah ! Nanine, Nanine, devais-tu me trahir !..... M'abandonner au moment où le cœur énivré de la plus

S 2

douce joie, je venais…! — « Que dites-
vous ! reprit Pathi, ah ! Monsieur, ne
vous plaignez pas, je vois bien que vous
êtes ce Lord, que notre chère Lady
regrète tant, et qu'elle prie tous les jours
le ciel de lui ramener. « — Elle m'aime
dites vous, elle m'aime et cependant… — Monsieur elle en mourra
de joie. — Mais quel est donc ce lord
Halifaix, chez qui vous dites qu'elle
est à présent? — C'est un jeune et beau
Monsieur comme vous, qui a épousé
Miss Anna. — Halifaix aurait épousé
Anna, s'écria Charles à son tour, comment l'a-t-il retrouvée ici? depuis quand
sont-ils mariés? — Voilà bien des questions leur dit Pathi, pour pouvoir y répondre dans ce moment, il est l'heure
de dîner, vous devez avoir besoin,
je pense que mes maîtres ne me
blâmeront pas de vous l'avoir offert,
à moins que vous n'aimiez mieux les

allerrejoindre.—Oui, ouireprit Sidney,
Halifaix nous recevra avec plaisir, l'é-
poux de Miss Anna verra en nous des
amis.—Permettez, leur dit Pathi, qu'un
de mes frère vous conduise, je vais....
— Il est inutile de les déranger, lui dit
Thomi, pendant les huit jours que j'ai
passés ici, j'ai assez parcouru vos montagnes pour ne pas craindre de m'y égarer, venez seulement m'indiquer de quel
côté nous devons diriger nos pas.

Lorsqu'ils furent à moitié chemin,
Thomi prit le devant; on était encore à
table quand il arriva. Il chargea un domestique de dire à Lady Manchester,
qu'un malheureux prisonnier échappé
depuis peu de sa prison, désirait lui parler. Nanine n'eut pas de peine à comprendre que c'était Thomi, elle se leva,
renversa sa chaise en s'écriant : où est-il,
où est-il? Il se présenta, tout le monde
quitta la table, l'entoura, et le pressa de

questions. Il ne vit que Nanine dans ce
premier moment; les marques d'amitié,
qu'elle lui donnait en répandant des
larmes d'attendrissement et de joie, furent sur le point de faire renaître dans
son cœur tout l'amour dont il avait été
rempli pour elle. Il sentit le danger et
l'écarta, en rappellant sa vertu et l'a-
mitié dont Sidney l'honorait ; il détourna la vue d'un objet si fatal à son
repos, et la reporta sur ceux qui l'en-
vironnaient ; il reconnut Milord, et
resta interdit d'une rencontre si heureuse et si peu prévue. Manchester
lui tendit la main avec une affabilité
qui lui fit oublier qu'il fût son persé-
cuteur, Thomi ne vit plus en lui qu'un
homme malheureux , et le père de ses
amis. Il fut prêt à le serrer dans ses
bras , tant le malheur excite notre sen-
sibilité ! et il ne se retint que dans la
crainte de l'offenser. Tant de pensées

différentes l'occupaient , qu'il ne put faire une réponse suivie aux questions réitérées qu'on lui faisait, Milord imposa silence ; il exiga que chacun reprît son siège, et fit placer Thomi auprès de lui.

Hé bien , mon ami ! lui dit Milord , apprends nous à présent par quel enchantement te voilà rendu à nos vœux ? — Milord, reprit Thomi , ne soupçonnez-vous pas quel peut être le mortel bienfaisant, qui m'a rendu la liberté, le seul qui put m'obtenir ma grace ? Le nom de Sidney est dans toutes les bouches. — O mon cher Sidney ! répéta Nanine en élevant les mains au ciel , je peux donc espérer de te revoir ? Elle regarde Thomi, dans ce moment elle le voit sourire, et ne doute plus qu'ils ne soient venus ensemble , elle s'élance hors de la salle , franchit en courant la cour et la porte qui la sépare de la

campagne. Anna et Halifaix qui la
suivent ne peuvent la rejoindre qu'au
moment où Sidney se jette à ses genoux ; elle le relève aussi-tôt, ils ne
peuvent s'exprimer tout ce qu'ils éprou-
vent, tant la joie les enivre ! Pendant
long-temps ils ne voient qu'eux, et ne
peuvent se rassasier de ce bonheur si
doux. Anna, appuyée sur le bras de
son mari, jouissait de leurs transports,
Halifaix lui dit en la pressant contre
son cœur : « Ma chère Anna, ils sont
bien heureux ; mais nous le sommes
encore plus. Elle lui sourit en le regardant tendrement.

La voix de ses amis distrait Nanine,
et reporte vers eux son attention. Mes
bons amis, leur dit-elle, en leur présentant son amant, soyez aussi les
siens.

Sidney, après avoir témoigné sa reconnaissance à Anna, tendit les bras

à

à son époux. « Soyons amis, Halifaix ;
elles seront le lien qui nous attachera
inviolablement l'un à l'autre. » Le Lord
répondit à ses avances avec une franchise qui plut à Sidney. J'ai, leur dit-
il, un compagnon de voyage que j'ai
laissé à quelques pas d'ici, et pour lequel je réclame votre indulgence. — Hé
quel est l'ami qui, sous vos auspices,
peut craindre de se montrer, lui demanda Nanine en souriant ?... — Votre
frère..... — Charles !.... Charles
est avec vous ?.... Sidney l'appelle ;
il paraît d'un air confus : Nanine court
au-devant de lui ; elle l'embrasse avec
transport, en lui disant : Mon frère !
mon cher frère, vous nous êtes donc
rendu ?..... Vous avez accompagné
Sidney ; vous aimez donc votre heureuse sœur ? « Il lui rendit ses caresses,
en l'appellant son aimable et généreuse

Tom. III.   T

amie.» Mon frère, lui dit-elle, éloignez-
vous encore quelques instans , afin que
je prévienne mon père de votre retour.
— Mon père ! s'écria Charles ! Ah !
fuyons, fuyons; il ne voudra jamais me
pardonner. — Mon frère , mon cher
Charles, vous ne connaissez pas toute sa
tendresse pour vous ; il ne pourra vous
voir sans vous pardonner ; croyez-en
une sœur qui vous aime , et qui va vous
le prouver. Mes amis, en s'adressant
au Lord et à Anna , restez avec lui
jusqu'à ce que je vous fasse prévenir de
l'amener. Vous, Sidney , venez recevoir ses embrassemens....» Il la regarde avec incertitude..... « Puis-je
espérer ?... — Milord Manchester veut
être votre père , lui répondit-elle avec
un ton de vérité qui ne lui permit plus
d'en douter : il la suivit.

Milord ayant vu avec quelle impétuosité sa fille venait de les quitter, en témoigna son inquiétude. « Ne craignez rien, lui dit Thomi, Lady a deviné que je n'étais pas venu seul en ces lieux. — Quoi, Sidney est avec toi ! s'écria Manchester, je vais donc voir ma chère fille heureuse !.... Allons, Mistriss, allons partager leur joie. » Thomi, craignant que la vue de son fils ne l'indisposât, sut le retenir, en lui objectant que sa présence arrêterait leurs transports ; que Sir Sidney n'étant pas prévenu de tout l'excès de son bonheur, n'oserait pas laisser éclater sa tendresse. « Laissons donc à ma fille le soin de le prévenir, dit Milord, en se remettant sur son siége. » Mais, s'ennuyant enfin de ne les point voir venir, il voulut aller les trouver.

Au moment où il allait sortir de la cour, Nanine y entrait, tenant Sidney

par la main. Ils s'arrêtent tous trois ;
Manchester attendri ouvre ses bras à
Sidney, qui s'y précipite. Milord lui
dit : « Mon ami, soyez mon fils, je me
sens porté à vous chérir ; puis-je compter sur quelque retour ? — Ah ! Milord,
ma seule étude sera de vous convaincre
de mon sincère attachement ; peut-on
aimer votre aimable fille et ne pas chérir tout ce qui lui appartient ? C'est,
j'en suis sûr ; le seul moyen de lui
plaire et de la rendre heureuse. — Je te
crois, Sidney, reprit Milord avec émotion ; oui, nous nous aimerons, nous
serons tous les trois heureux ; je le sens
à présent, que mon injuste prévention n'existe plus. Mon ami, je ne rougis
point de te l'avouer, à toi ; mais il me
fallait des revers pour adoucir mon
cœur ; ce sont les malheurs dont j'ai
été accablé, qui m'ont fait voir combien

j'avais été injuste envers ma fille , et qu'elle méritait ma tendresse par sa douceur, ses vertus et l'amitié qu'elle avait toujours eue pour moi, malgré mes duretés. L'estime que j'ai pour toi me persuade que tu l'en dédommageras , en lui faisant partager ta fortune, et que la fille de Manchester , quoique déshéritée , ne t'en sera pas moins chère. »

— Mon père , lui répondit Sidney , séchez vos larmes, et oubliez ce qui est passé. Que ce jour soit un jour de bonheur pour tous ; qu'il devienne une époque chère à notre souvenir. Hé comment ne nous rappellerions - nous pas avec attendrissement et reconnaissance le moment qui ouvrit les bras d'un père à des enfans soumis et repentans ?... — Que dites - vous, mes amis?.... Ah ! ce n'est pas vous qui

êtes coupables ; vous n'avez pas dé-
chiré mon cœur par vos duretés envers
moi; si vous m'avez fui, je vous y ai
forcé. Mais le cruel qui, comblé de
mes dons, m'a abandonné, chassé,
réduit à me cacher dans quelque soli-
tude où je serais sans doute mort d'ennui, sans le hasard qui conduisit ici
mes pas ; c'est celui-là qui m'a offensé,
qui ne doit jamais espérer de pardon ;
l'ingrat d'ailleurs est loin de le demander. — Vous vous trompez, Milord, il le desire ardemment ; il est
pénétré de ses fautes, et veut venir les
expier à vos pieds. — Qu'il ne se présente jamais à mes yeux ; il n'est plus
temps ; je suis fâché, Sidney, que vous
vous soyez chargé de l'excuser ; j'admire votre procédé ; mais si vous voulez m'obliger, vous ne m'en parlerez
jamais...... Il est sans doute dans la

misère? Puis se reprenant bien vîte :
N'en parlons plus, Sidney. — Milord ,
je ne peux me taire, cependant, non ,
je ne le peux ; permettez que je vous
apprenne comment je l'ai retrouvé ;
laissez - moi vous convaincre qu'il ne
pleurait point la fortune qu'il avait
perdue ; mais un père qu'il croyait ne
plus revoir. — « De grace , Sidney ,
reprit Manchester avec vivacité , ne
me parlez plus de lui , je ne veux rien
entendre ; je ne veux pas savoir ce qu'il
a pu vous dire pour colorer ses crimes ;
il a su vous toucher, je le vois, et je
n'en suis point surpris. Il sait employer
toutes les formes pour atteindre son
but ; je le connais à présent : c'est un
monstre que je renonce pour mon fils ,
que je vous conseille de fuir ; il serait
dangereux pour un cœur aussi franc
qu'est le vôtre. — Ah ! mon père ! lui

dit Nanine, pouvez-vous repousser un
malheureux qui ne demande pour
toute grace que d'embrasser vos genoux. Mon père ! mon tendre père,
voyez votre Nanine arrosant vos mains
de ses larmes : qu'elle vous doive la
grace d'un frère ! ce sera pour elle....
Manchester l'interrompit : « Ma fille ,
relevez-vous, lui dit-il d'un ton froid :
je vous ai ouvert *mon cœur*; vous savez
combien il m'a affligé , et vous devez
sentir que je ne peux pardonner. Je
vois qu'il est ici , continua-t-il ; Sidney
a cru me faire plaisir en me le rame-
nant; mais s'il pousse l'audace jusqu'à
se présenter dans cette maison , j'en
sors à l'instant , et me sépare de vous
pour jamais. » Il se lève en prononçant
ces mots ; Charles entre en même-
temps ; il a tout entendu, qu'on juge,
d'après cela , dans quel état il s'offrit

aux yeux de son père ! Manchester, en le voyant, s'arrête et devient muet de surprise et de colère. Son fils met un genou en terre, en lui présentant l'acte qui lui avait assuré ses biens. « Milord, lui dit-il d'une voix faible et tremblante, Sidney m'a fait rentrer en possession de tous vos biens ; jouissez-en, je vous prie, et reprenez des dons qui ne m'étaient point dus. Je vais m'éloigner de vous, m'en éloigner pour jamais ; que j'emporte au moins la bénédiction de mon père, ma mort en sera moins affreuse. « Nanine se jette aux genoux de son père ; elle les embrasse en levant vers lui des yeux suppliants ; il détourne la vue. Mon père ! oh mon père ! bénissez vos enfans, lui dit-elle !...» Manchester fixe sa fille, étend sa main sur elle, en s'écriant d'une voix forte : Que ma chère Nanine

reçoive tous les biens et le bonheur
que son attachement pour moi et ses
vertus méritent, et que l'ingrat... —
Arrêtez !... arrêtez, mon père ! s'écrie
Nanine avec désespoir. « Charles, ayant
perdu l'espérance de le fléchir, veut se
lever, mais il retombe aux pieds de son
père, privé de connaissance. Milord
pousse un cri d'effroi: « Mon fils!..Char-
les ! mon cher Charles ! Ah ! je te pardonne, je te pardonne, mon fils, reviens
à toi. » Il le soulève, l'embrasse avec
transport, pose la tête de son fils sur
ses genoux, semble jaloux des soins que
les autres lui donnent, et cependant
il excite encore leur zèle. « Grand Dieu !
s'écrie-t-il au milieu des sanglots qui
lui coupent la voix, ne me punis pas ;
n'appesantis pas ton bras sur moi, en
m'en privant ..... Ah ! mon fils, mon
fils, comment ai-je pu te repousser ;

étouffer la voix de la nature , quand
elle agissait avec tant de force sur mon
cœur ?.... Fatal orgueil, qui me faisait croire qu'il y avait de la bassesse à
pardonner ; j'en suis bien puni..... »
On s'apperçoit que Charles se ranime ;
on console Milord , en le lui faisant
remarquer. Charles , en ouvrant les
yeux, se voit dans les bras de son père ;
il essuie les larmes qu'il lui a fait répandre ; il l'entend lui dire : « Tu m'es
toujours cher ; vas, mon pauvre Charles, tu n'es plus coupable à mes yeux ;
c'est moi , c'est ton père qui a eu tous
les torts ; il n'a pas assez surveillé ta
jeunesse , et t'a perdu par son aveugle
tendresse. Embrasse - moi , ajoute-t-
il, et oublions nos chagrins. »

Charles passe alternativement des
bras de son père dans ceux de sa sœur.
Manchester contemple avec joie la ten-

dresse qu'ils se témoignent. « Mes chers
enfans, leur dit-il, je n'ai jamais senti
comme dans ce moment combien il est
doux d'être père : vous allez rendre la
fin de ma carrière plus heureuse que
je n'avais lieu de l'espérer. Au sein de
ma famille, entouré de vrais amis,
pourrai-je regreter les grandeurs qui
ont enivré mes premières années dans le
monde? Aimé de vous je posséderai les
vrais biens, et le passé sera pour moi
un songe, sur lequel je ne reporterai
mon souvenir, que pour gémir sur les
erreurs dans lesquelles il m'avait en-
traîné. La paix, l'union intime entre
nous tous, voilà le seul vœu que je
formerai désormais. »

Ses enfans et ses amis s'écrient
tous à la fois : Amour, respect et
dévoûment, voilà le serment que
nous promettons de tenir à Milord

Manchester, au meilleur des pères.

Mais, mes amis, leur dit Milord, nous ne nous occupons que de notre bonheur, et nous oublions que nos pauvres voyageurs doivent avoir besoin... « Lady Halifaix court, appelle, donne des ordres, et bientôt la table se couvre de nouveaux mets ; on se remet autour. Sidney, quoiqu'assis auprès de Nanine, a l'air distrait et promène ses regards dans la salle. Manchester s'apperçoit de ce qui l'occupe, et fait appeler Thomi. « Mon ami, lui dit-il dès qu'il le vit, tu ne seras jamais de trop avec nous : les services que tu as rendus à ma fille, ne peuvent être oubliés ; mets-toi là, et dorénavant ne te fais plus appeler. » Thomi témoigne sa reconnaissance, et Sidney remercie particulièrement Milord, à qui il n'avait osé le proposer.

Le reste de la soirée fut bientôt écoulé ; Mistriss Nelton parla de se séparer. « Je ne suis point de votre avis bonne maman , lui dit Anna , je ne soufrirai pas qu'on nous abandonne : je veux vous garder tous , j'ai donné des ordres pour qu'on prévînt chez vous. « Madame Nelton regarda Milord , le vit sourire , et n'insista pas.

Après quelques jours , employés à se raconter mutuellement les divers évènemens qu'on ignorait ; Sidney demanda à Milord d'assurer son bonheur , en fixant le lieu où il voulait que le mariage se célébrât. Halifaix et son épouse voulaient que ce fût chez eux , Manchester y consentait ; mais Nanine fut d'un avis contraire , et insista pour la terre où elle avait connu Sidney. Lady Halifaix montra beaucoup de dépit , de ce qu'elle appela le

premier caprice de Nanine.—« Ce n'est
point un caprice , ma bonne amie , reprit celle-ci avec douceur : si ce que je
desire devait me séparer de vous , tu
aurais raison de te plaindre de mon
amitié ; mais vous n'avez aucun motif
pour ne pas nous accompagner... — Je
veux même, reprit Sidney , que nous
ne nous séparions jamais. Halifaix ,
votre fortune est bornée , vous ne
pouvez guères l'étendre en restant ici ,
vous pouvez avoir beaucoup d'enfans ,
il faut que vous puissiez leur assurer
un sort heureux. Ce n'est qu'en revenant dans notre capitale , en faisant
agréer vos services, que vous pourrez y
parvenir. J'ai eu le bonheur d'obtenir
l'amitié du Prince de Galles , laissez-
moi le maître d'agir auprès de lui pour
vous , comme je compte le faire pour
Charles ; car je ne peux être parfaite-

ment heureux , si mes amis ne partagent ma faveur. »

Mon ami , s'écria Halifaix , en mon-
trant son épouse à Sidney ; c'est pour
elle que j'accepte vos offres ; c'est elle
que je voudrais voir comblée de tous
les dons de la fortune. Ne doutez pas
après cela de ma docilité à suivre vos
volontés. « Anna pressa la main de son
mari contre son cœur ; tout le monde
applaudit aux sentimens du Lord , et
d'un commun accord , on arrêta le
départ pour le sur-lendemain.

Mistriss Nelton , voyant avec quel
égard et quelle amitié elle était traitée
de toute la famille , se rendit enfin aux
instances de Milord et de sa fille. Nanine voulut aussi qu'elle emmenât sa
jeune gouvernante , pour son service
particulier.

Le moment du départ est enfin
arrivé

rivé , Milord et les dames ont pour
faire le voyage la voiture d'Halifaix ,
et les hommes leurs chevaux.

Il fallut s'arrêter en route , à la sol-
licitation de Nanine , qui voulut rendre
une visite , et témoigner sa reconnaissance au frère de Mistriss Nelton. Sidney lui représenta qu'ils allaient se dé-
tourner de leur route , retarder d'un
jour leur arrivée. — C'est un de mes
bienfaiteurs , lui dit-elle ; il a fait pour
moi tout ce qu'il était en son pouvoir
de faire pour une pauvre fugitive :
doit-on oublier le bienfait lorsqu'on
est heureux ?.... Sidney lui baisa
la main avec transport, et prit le premier la route qui conduisait à la ferme.

Ce fut là que Thomi apprit la mort
de son père ; il fallut tout le pouvoir
que Nanine avait sur lui pour le ramener à la raison. Son désespoir fut

d'autant plus vif, qu'il s'accusait d'avoir hâté la fin d'un si bon père. La tendre amitié de son oncle, celle que tout le monde lui témoignait, et surtout les consolations que lui donnait Lady Manchester, lui donnèrent la force de modérer ses plaintes. Ils quittèrent la ferme, en faisant promettre à leur hôte de venir les voir, toutes les fois qu'ils seraient à leurs terres de Manchester ou d'Arthon.

La vue du château de Manchester, rappela dans tous les cœurs le souvenir de Milady ; son époux et sa fille surtout parurent vivement affectés.

Milord, Sidney et Charles, se renfermèrent pour régler les articles du contrat. « Voyez Charles, lui dit Manchester, ce que la reconnaissance et l'amitié que vous devez à Sidney et à vôtre sœur, exigent que vous leur abandonniez. « Que dites-vous , mon père ! n'êtes-vous pas à présent le seul arbître de notre sort ; du moment où je vous ai retrouvé , ne vous ai-je pas rendu tous vos droits ? Je sais que vous êtes trop juste pour ne pas donner à ma sœur une part qu'elle a mieux méritée que moi. Je me retire , ajouta-t-il , pour vous prouver que je ne vous avais suivi que par obéissance. — Embrasse ton père , s'écria Milord en l'arrêtant ; ma fortune sera partagée également entre vous deux ; je n'ai besoin de rien réserver avec des enfans comme vous. » Ils combattirent vainement la résolution qu'il venait de prendre ; il les renvoya , fit faire les deux actes sous sa dictée , et rentra au salon pour les faire signer. Charles et Sidney n'y avaient point reparu ; ils se firent at-tendre si long-temps , qu'on ne savait

plus que penser de leur absence, lorsqu'ils rentrèrent enfin.

« Allons donc, mes amis , leur dit
Milord , signez, et rendons-nous à la
chapelle , où on nous attend , pour
faire la célébration du mariage. « Ils
signent , et lui présentent chacun un
nouvel acte. Il les regarde , ouvre ,
lit , et voit que Sidney lui assure la
jouissance de la terre de K.... qui faisait partie de la dot de Nanine ; l'autre
acte le faisait jouir de mille livres sterling , que Charles assurait sur la terre
où ils étaient. « Mes bons et chers enfans , leur dit Milord d'un air attendri ,
vous ne voulez donc pas que je vive
avec vous? — Nous voulons , lui répon-
dent-ils , que vous soyez le maître
de nous quitter , si nous cessons de
vous rendre heureux. — Oh ! je promets bien , s'écria Nanine , que cette

cruelle séparation n'aura jamais lieu. »

On se rend à la chapelle, Milord conduit sa fille, ils passent entre deux files de villageois, qui, ayant appris le retour de leur aimable bienfaitrice et son mariage, étaient accourus pour la revoir, et lui témoigner la part qu'ils prenaient à son bonheur. La présence de Milord leur impose le respect et le silence; mais lorsqu'ils virent sa fille leur sourire en les saluant avec bonté, ils ne mirent plus de bornes à leur joie; mille acclamations se firent entendre, les femmes et les enfans l'entourent, et baisent avec respect la robe de celle qui les avait toujours accueillis et secourus. Cet accord de bénédictions frappa bien agréablement Sidney; il leur fit des dons à tous, en les engageant à les suivre à l'autel; son offre fut reçue avec reconnaissance,

Sidney, déjà à l'autel, tend la main
à celle qu'il brûle de nommer son
épouse, quand il la voit s'élancer vers
le tombeau qu'Anna avait fait élever
à Milady. Elle baise le marbre qui
couvre ses restes chéris, élève au ciel
ses yeux remplis de larmes, et s'écrie,
au milieu des sanglots : O ma tendre
et vertueuse mère, puisses-tu voir tes
enfans, et bénir une union que tu
avais desirée ! » Sidney, presque aussi
ému qu'elle, court l'enlever à ce mo-
nument de douleur, et fait signe de
commencer la cérémonie.

Ils sont enfin unis, on sort de la
chapelle ; Milord est soutenu par son
fils et par Anna. La vue du tombeau,
et les larmes de sa fille, avaient renou-
vellé ses regrets sur la perte d'une
épouse, dont les charmes et les vertus
se retracent vivement alors à sa pen-

sée : la joie générale qui régnait autour de lui , ne put le distraire de
sa douleur ; ses enfans craignaient que
sa santé n'en fût altérée , ils le firent
consentir à partir le lendemain pour
K..... où ils seraient tous plus agréablement.

Sidney avait écrit d'Écosse au Prince
de Galles , comme il le lui avait promis
en partant ; il finissait sa lettre , en
l'assurant que son premier soin serait
de se rendre auprès de lui , dès qu'il
aurait déposé sa famille dans le château
de K..... où Nanine desirait passer
quelque temps. Il ajoutait : Quelque
vif que soit le desir que j'ai de vous
assurer moi-même de mon respectueux
attachement, il ne pourra être satisfait
promptement, étant obligé de voyager
à petites journées. »

Ni Milord , ni aucun de ses enfans

n'avaient fait prévenir de leur arrivée.
Qu'on juge de la surprise qu'ils eurent,
en voyant la grille du jardin ouverte,
et deux domestiques inconnus les invi-
tant à descendre et à entrer, tandis
que d'autres s'emparèrent des chevaux
des cavaliers et de la voiture, en reprenant la route pour gagner la maison ! On les questionne, mais ils sont
discrets. Milord et ses enfans rient alors
de l'aventure, et avancent dans le bosquet ; ils découvrent à quelque distance
une tente magnifique, dressée au milieu d'une salle de maronniers : une
musique délicieuse vient frapper leurs
oreilles ; il s'arrêtent, se regardent en
silence, et se croient vraiment dans
les prestiges d'un enchantement, en
voyant tout-à-coup sortir du milieu
d'un massif d'arbustes un enfant beau
comme l'amour, tenant un bouquet
en

en diamans de la plus grande beauté.
L'aimable enfant, qui n'est point un
dieu, reste interdit devant les deux
Ladys ; il ne sait à laquelle il doit faire
le présent. Sidney le prend dans ses
bras, l'interroge en le caressant. Le
pauvre petit rend bien les caresses qu'il
reçoit ; mais il est si jeune encore, qu'il
peut à peine balbutier quelques mots.
La richesse du don est un trait de lumière pour Sidney ; il remet précipitamment l'enfant à sa femme, et s'a-
vance vers la tente, en s'écriant : Ah !
mon Prince, ne vous dérobez plus à
notre reconnaissance. C'était le Prince
en effet qui avait ordonné cette fête ;
il sortit de la tente, et tendit la main
à Sidney. Quoi! c'est vous, mon Prince,
qui avez cet excès de bonté ? — Mon
ami, reprit le Prince, jamais je n'ai
eu de plus douce jouissance que celle-

Tom. III.   X

ci ; je voulais vous prouver que mes amis m'occupent absens comme présens.

Sidney s'empressa de lui présenter son épouse ; le Prince lui dit les choses les plus flatteuses , ainsi qu'à Lady Halifaix. Il salua Manchester et les amis de Sidney avec la plus grande affabilité ; puis offrant sa main à Nanine , il la conduisit à la tente , où tous les autres les suivirent. Le premier objet qui s'offrit aux yeux de Monsieur et de Madame Sidney , en y entrant , fut le Lord Hamilton ; il s'embrassèrent, et se témoignèrent tout le plaisir qu'ils ressentaient à se revoir. Voilà encore une surprise , leur dit le Prince , et l'explication du mystère que je vous fis lors de votre départ pour l'Écosse. Je savais son retour , et je me faisais un plaisir de vous surprendre et de vous réunir moi-même. Lady Hamil-

ton vint aussi réclamer sa part dans
les reconnaissances : elle tenait par la
main l'enfant que Nanine avait vu
dans le bosquet. Est-ce à vous cet aimable enfant, Madame, lui demanda
Lady Sidney ? — Oui, reprit Hamilton ; quoiqu'il soit né à Constantinople, j'espère qu'il n'en aura pas moins
le cœur d'un véritable anglais.

On servit un repas des mieux or-
donnés : ils furent tous enchantés de
l'amabilité du Prince. Il ne les quitta
que fort tard, et après leur avoir fait
promettre de venir fixer leur séjour à
Londres, afin qu'il fût plus à portée
de leur être utile à tous.

Sidney ayant acheté peu de temps
après son mariage, un hôtel contigu
à celui de Milord, ils se trouvèrent,
par ce moyen, tous réunis, et ils con-
tinuèrent de vivre ensemble, parce

qu'ils furent toujours amis. Manchester eut une égale tendresse pour ses
enfans ; et il en fut chéri jusqu'à sa
mort, qui fut la seule peine qu'ils éprou-
vèrent après leur réunion.

F I N.

www.ingramcontent.com/pod-product-compliance
Lightning Source LLC
Chambersburg PA
CBHW061437030726
47503CB00005B/1449